Rudolf Baumbach

Der Pathe des Todes

Dichtung

Rudolf Baumbach

Der Pathe des Todes
Dichtung

ISBN/EAN: 9783743340732

Hergestellt in Europa, USA, Kanada, Australien, Japan

Cover: Foto ©Andreas Hilbeck / pixelio.de

Manufactured and distributed by brebook publishing software (www.brebook.com)

Rudolf Baumbach

Der Pathe des Todes

DER PATHE DES TODES

DICHTUNG

VON

RUDOLF BAUMBACH

ZEHNTES TAUSEND

LEIPZIG
VERLAG VON A. G. LIEBESKIND
1890

Entgegen harrt die Welt der Auferstehung,
Der Winter floh nach seiner Burg im Norden,
Und siegend hebt die Sonne ihren Heerschild.
Die Quellen springen freudig von den Bergen,
Die Bäche rauschen lauter durch das Waldthal,
Und schäumend wälzt der Fluss die trüben Wogen.
Schon regt sich's leis im Schooss der alten Erde,
Die jungen Keime sprengen ihre Särge,
Und in den Bäumen drängt der Saft sich aufwärts.
Vereinzelt lugen blasse Winterglöckchen
Aus dürrem Laub, und wenn die Mittagssonne
Mit ihren Strahlen trifft des Berges Abhang,
Dann wagt sich wohl die Eidechs aus der Kammer
Und raschelt spielend in den welken Blättern.
Verschlafen streckt die Schnecke ihre Hörner
Aus dem gewundnen Haus, der Käfer wandelt
Mit steifen Gliedern langsam auf dem Feldweg,
Und allzu eilig schlüpft aus seiner Hülle
Der Falter, spreizt die buntgefärbten Flügel,
Trinkt Sonnenschein und stirbt im kalten Nacht-
hauch.

P. d. T.

Die Flur ist still, vernehmbar nur das Rauschen
Des Flusses, der sich über's Wehr der Mühle
Aufschäumend stürzt, das Flattern eines Vogels,
Der in den Weiden wohnt, und Schilfgeflüster.
Mitunter schallt ein Schrei aus hoher Luft,
Wo sich ein Volk von schwarzen Dohlen tummelt.
Und sieh! jetzt senkt der dunkle Schwarm zur
Aue
Sich nieder, und die klugen Vögel laufen
Kopfnickend hin und her, geschäftig sammelnd
Verdorrtes Gras und Reiser für den Nestbau.
Dann fliegt das Volk, mit Reis und Halm beladen,
Hinüber nach der Halde.

Drüben steht
Ein Kirchlein; dürftig ist's und halb zerfallen,
Umrankt von Ephen wie die hohe Mauer,
Die es umfriedigt. Weisse Steine blinken
Im Sonnenschein; dazwischen stehen Kreuze,
Geziert mit welken Kränzen. Auch der Bogen
Des Thores trägt das Kreuz, und drunter steht
Gemeisselt in den Stein: „Resurrecturis".

Dem Friedhof nahe liegt ein freundlich Häuschen
Mit weissen Mauern und bemoostem Strohdach.
Die grüne Hauswurz wuchert auf dem Dach-
rand,

Und drunter kleben runde Schwalbennester.
An hoher Stange ragt ein Staarenkästlein,
Und vor den Fenstern hängen Vogelbauer,
Darin der Hänfling flattert und der Blutfink.
Hart an der Thüre sitzt auf einer Holzbank
Des Hauses Eigner. Seinen kahlen Scheitel
Neigt er dem warmen Sonnenlicht entgegen,
Er hält den Stab in seiner braunen Rechten
Und zeichnet träumend Kreuze in den Sand.
Es hat der Greis in seinen jungen Jahren
Das Haus gebaut und selbst gewählt die Stätte. —
Der Pfarrherr siedelt gern zunächst der Kirche,
Der Bürgermeister nicht zu fern vom Rathhaus,
Und seinem Garten nah der Todtengräber.

Der Alte hebt den Kopf, denn Kinderstimmen
Im Hause werden laut. Ein kleines Mädchen
Mit rundem Angesicht und blondem Kraushaar
Springt aus der Thür. Der Kleinen folgt ein
 Knabe
Von schlankem Wuchs, mit hoher, weisser Stirne
Und dunklem Haar. — Der Knabe ist ein
 Findling,
Der Stadtgemeinde Kind, das Mädchen aber
Die Enkelin des alten Todtengräbers.

„Grossvater!" ruft die Kleine fröhlich lachend,
„Wir holen Palmenzweige für die Kirche
Vom Mühlenbach, denn morgen ist Palmsonntag".
Sie spricht's und nickt und fasst die Hand des Knaben,
Und beide Kinder springen nach der Aue.
Das Thal ist bald erreicht. Wie eine Schlange
Zieht sich die Strasse aus dem alten Stadtthor
Den Fluss entlang und seiner Krümmung folgend.
Hier hält der Knabe an. „Hör', Gertrud!"
spricht er,
„Auf dieser Strasse zieh' ich in die Fremde
In wenig Jahren wie des Müllers Dieter.
Sprich, hast du ihn gesehn? Im schwarzen Wamms,
Die Feder am Barett, ist er gekommen,
Den Bruder zu besuchen als Scolare.
Was weinst du, Gertrud? Sieh, ich komm' ja wieder,
Und anders als der Dieter. Was für Augen
Wird meine Trudel machen, wenn ein Wagen
Aus Gold und Glas daher gerasselt kommt!
Vier Rappen hält der Kutscher kaum im Zügel,
Und hinten auf dem Trittbrett steht ein Mohr
Mit Ringen in den Ohren. Und ein Kleid
Von Seide, grün wie Gras, bring' ich dir mit
Und einen Gurt mit einer Sammettasche,

Wie sie der reichen Rathsherrn Frauen tragen,
Und einen Silberkamm und einen Schleier."
„Hör' Reinhard!" fällt das Kind ihm in die Rede,
„Vergiss mir nicht ein Lamm aus weisser Wolle
Mit rothem Maul und Rollen an den Füssen."
Da lacht der Knab' und hebt die kleine Dirne
Zu sich empor und küsst ihr rothes Mündlein.

Am Rand des Flusses, wo die Weiden stehen
Mit silbergrauen Knospen an den Ruthen,
Hat sich indess ein Häuflein eingefunden
Von Knaben aus der Stadt, der Armuth Kindern,
Die morgen am Palmsonntag vor den Thüren
Der Kirche stehen und die Palmenzweige
Um eine kleine Opfergabe bieten.
Zu den gesellen sich die beiden andern,
Und lustig lachend, Weidentriebe sammelnd
Und auf den selbstgeschnitzten Pfeifen spielend,
Durchschwärmt das kleine Volk der Weiden Buschwerk.

„Hoho!" ruft Einer freudig aus, „da liegt
Des Müllers Kahn im Schilf!" und springt behende
Mit einem Satz vom Ufer in das Fahrzeug.

*Die andern poltern hastig nach, auch Reinhard,
Und dort, wo der ist, muss auch Gertrud sein.
Sie trippelt näher, und mit starken Armen
Hebt sie der Knabe in den Kahn. „Nur schade,
Dass ihn der Müller mit der Eisenkette
An eine Erlenwurzel angeschlossen;
Sonst führen wir hinaus in's weite Meer
Nach fremden Ländern, wo die schwarzen Wilden
Auf Pardelkatzen durch die Wüste reiten.
Hei! wie das schaukelt, wie das Wasser braust!
Sprich, Gertrud, ist dir bang? Komm, halt dich fest
An meinem Gurt! Sieh, wie der weisse Schaum
Im Kreise tanzt!" — O weh! die Wurzel kracht,
Und langsam dreht der Kahn sich vom Gestade.
Wehruf und Hilfgeschrei. — Die Rechte Reinhards
Erfasst den zähen Zweig der Uferweide,
Und mit der Linken hält er Gertrud fest.
Allein der Strom ist stärker als der Knabe.
Rasch unter seinen Füssen gleitet fort
Der Kahn und treibt dem Wehr der Mühle zu.
„Zu Hilfe!" gellt der Schrei des Knaben, „Hilfe!"
Schreit's aus dem Kahn vielstimmig auf zum Himmel,
Und „Hilfe!" hallt's zurück vom Berge drüben.
Hört denn kein Retter?*

Ja, da kommt's heran
Schnell wie die sturmgescheuchte Wetterwolke
Und auch so düstergrau. Ein Reiter ist's
Auf fahlem Ross, umweht von grauem Mantel.
Kein Hufschlag tönt. Jetzt springt der Mann
vom Pferd.
„Hier, hier zu Hilfe!" schreit der Knab' und
hebt
Sich halben Leibes an dem Zweig der Weide,
Den er umklammert hält. Da kehrt der Fremde
Sein bleiches Angesicht dem Knaben zu
Und schüttelt mit dem Kopf. Dann stürzt
er sich
In's Wasser und ergreift den Rand des Kahns
Und zieht das Fahrzeug mit gewalt'gen Armen
Zusammt den Knaben in den Wasserstrudel.
Ersticktes Wehgeschrei und wildes Ringen —
Und Reinhard schliesst entsetzt die Augenlider

Jetzt wird's lebendig unten an der Mühle.
Mit Stangen stürzen an den Fluss die Knechte
Zur Rettung, und in weiten Sätzen naht
Der Stelle, wo sich Reinhard mit Gertrude
Am Ufer schwebend hält, ein flinker Bursch
Im schwarzen Schülerkleid, des Müllers Dieter.

Er packt mit starker Faust den Arm des Knaben
Und zieht die beiden Kinder an das Ufer.

Die andern wurden später auch gefunden
Am Wehr der Mühle, aber starr und kalt.

Das wechselnde Jahr ist siebenmal
Gezogen über das stille Thal.
Das Wasser im alten Strombett zieht,
Die Bäume rauschen ihr altes Lied,
Die Aeste höher und breiter ragen;
Doch mancher Baum ward auch geschlagen,
Und in des Kirchhofs stillem Hain
Steht mancher neue Leichenstein.
Der Greis auch, der so oft dem Grab
Den edlen Saamen übergab,
That seinen letzten Spatenstich
Und rüstet zur letzten Reise sich.
Noch dämmert kärgliches Licht in der Blende,
Doch nicht mehr lang; es geht zu Ende.

„Es geht zu End in kurzer Frist.
Kein Kraut für den Tod gewachsen ist,
Und mangelt das Oel dem Lebenslicht,
So hilft Hippokrates selber nicht.
Die Schwäche sitzt ihm im Gebein;
Marasmus senilis heisst's auf Latein."

So spricht ein Mann mit krausem Bart,
Gekleidet nach fahrender Schüler Art,
Und schreitet über des Hauses Schwelle
Ihm folgt ein schlanker Junggeselle
Mit ernstem Blick und dunklen Haaren. —
Wir sahen beide vor sieben Jahren,
Den einen von wilder Fluth bedroht,
Den andern als Retter in der Noth.
Der ist seit Kurzem wieder im Land
Und wird von den Leuten Doctor genannt
Doch weiss der Dieter nur zu gut,
Wie's steht um seinen Doctorhut,
Und dass im Grunde seine Kunst
Nichts weiter ist als blauer Dunst.
Drum fährt er fort: „Doch weil vier Augen
Meist besser als zwei zum Sehen taugen,
Und weil errare est humanum,
So lauf' ich mit behendem Fuss
Und hole den Doctor Prätorius,
Dass er versuche sein Arcanum."
Er spricht's und drückt dem Freund die Hand
Und geht.

Da knistert ein Gewand,
Und aus des Hauses finstrem Thor
Die schlanke Gertrud tritt hervor.

So steigt aus schwarzer Erdenkrume
In Waldesnacht die Wunderblume.
Noch blüht sie nicht in voller Pracht,
Allein es drängt und treibt und schiesst
Heil dem, der einst mit Liebesmacht
Die holde Blüthe ganz erschliesst!
Wie schade, dass die Augen licht,
Die dunkelblauen Lebensbronnen,
Ein trüber Schleier hat umsponnen. —
Sie kehrt zu Reinhard sich und spricht·
„Er ist erwacht und ist bei Sinnen.
Den Priester mit dem Sakrament
Begehrt er, denn er spürt das End." —
Und schluchzend eilt das Kind von hinnen

Der Jüngling aber schreitet leis
Zum Sterbebett; sein Herz ist schwer.
Da winkt ihm mit der Hand der Greis
Und spricht: „Komm, Reinhard, setz' dich her!
Und lass dir, Sohn, noch einmal sagen,
Bevor mein müdes Auge bricht,
Was sich vor Jahren zugetragen,
Da du in kalter Winternacht
Halbtodt mir wardst in's Haus gebracht;
Du kennst die Mär, doch alles nicht.

Dezember war's. Ich sass allein
Und schnitzt' ein Kreuz beim Lampenschein.
Da ging's am Laden drauss: Poch, poch!
Und rief: „Heh, Meister! wacht Ihr noch?
Heraus! Es gilt ein Menschenleben.' —
Da thät ich eilig mich erheben,
Die Leuchte nahm ich von der Wand
Und ging hinaus und hob das Licht.
Gehüllt in einen Mantel dicht,
Ein hagrer Mann am Hausthor stand,
Mit starrem, bleichem Angesicht.
Der sprach: „Mir nach, und zögert nicht!"
Und ging mit weitem Schritt feldein,
Ich mit der Leuchte hinterdrein.
Kalt war die Nacht, und eis'gen Schauer
Trug mir entgegen scharfer Wind.
Der Weg war kurz. Hart an der Mauer
Des Friedhofs, wo das Kreuzbild steht,
Lag eine Frau, im Arm ein Kind,
Und beide halb vom Schnee verweht.
Die Frau war starr und kalt wie Eis,
Das Würmchen aber klagte leis.
Drum nahm ich's eilig in den Arm
Und hüllt' es in den Mantel warm
Und trug es heim, dann auch die Leiche
Doch rührte keine Hand der bleiche,
Gespenst'ge Mann; stumm sah er zu

Dem Liebeswerk. — Das Kind warst du.
Ich sah dich an. Es war dein Leben
Ein Funke nur. Da galt es Eile,
Und ich beschloss, zu deinem Heile
Der Taufe Wasser dir zu geben,
Und warb dich für die Christenheit
Im Namen der Dreifaltigkeit.
Taufzeuge war der fremde Mann.
Zwar liess er sich durch nichts bewegen,
Die Pathenhand auf dich zu legen,
Da über dich das Wasser rann,
Doch als ich dich in Christi Namen
Geweiht, da sprach er leise: ‚Amen‘,
Und blickte mild auf dich hernieder.
Dann lenkte er zur Thür den Fuss
Und sprach als letzten Scheidegruss:
‚Ihr seht zur rechten Zeit mich wieder.‘

Du bliebst am Leben. Die dir's gab,
Die senkt' ich Tags darauf in's Grab.
Du kennst, mein Sohn, den Leichenstein;
Die Todte kennt nur Gott allein.
Sie war ein schönes, junges Weib,
Ihr Wuchs von adeliger Art.
Ich fand an dem erstarrten Leib
Geschmeide sorglich aufbewahrt,

Vielleicht ererbtes Gold der Ahnen.
Ich trug getreu dein Muttergut
Zur Stadt; da liegt's in sichrer Hut
Und wird dir deine Wege bahnen.

Der Fremde, der in jener Nacht
Dich unter seinen Schutz genommen,
Ist aber niemals wieder kommen.
Zwar hab' ich manchesmal gedacht,
Ich seh' den Mann im Mondenscheine
Lustwandeln durch die Leichensteine,
Doch irrt' ich wohl, möcht' auch nicht gern
Dem Mann zum zweitenmal begegnen. —
Horch! hörst du? Mit dem Leib des Herrn
Der Priester kommt, um mich zu segnen."

Und sieh und sieh! Da kommt's heran,
Mit grauer Kutte angethan,
Und beugt sich leise niederwärts
Und legt dem Greis die Hand auf's Herz.
Da seufzt der Alte tief und schwer
Und streckt sich lang und lebt nicht mehr.

Der Jüngling starrt in's Angesicht
Dem Gast. — Das ist der Priester nicht,

Das ist — Entsetzen! — der graue Mann,
Bei dessen Anblick sein Blut gerann,
Als er, vom Stromgebraus umfangen,
Am rettenden Weidenzweig gehangen.
Was für ein Wahnbild er gehalten,
Steht jetzt am Todtenbett des Alten
Und schaut herüber ernsten Blicks.
Da fasst der Knabe das Crucifix
Und hastig stammelnd einen Segen,
Hält er's dem Schrecklichen entgegen.

Der aber neigt das Haupt und spricht:
„Das heil'ge Zeichen schreckt mich nicht.
Im Anfang schuf der Herr des Lichts
Das All und mich zugleich aus Nichts.
Ich lag im fernsten Weltenraum
Auf einem Stern in tiefem Traum,
Und als der Herr den Menschen schuf,
Vernahm ich seinen ersten Ruf.
Zum zweitenmal beim Sündenfall
Erklang mir seiner Stimme Hall,
Und als den Bruder Kain erschlug,
Nahm ich zur Erde meinen Flug.

Hier schaff' ich auf des Herrn Geheiss
Als Knecht mit nimmer müdem Fleiss,

Bis ich am Tag des Weltgerichts
Versinke wieder in das Nichts.
Ich bin der Schnitter, der da mäht,
Was Gottes Schöpferhand gesät,
Der Reiter, der mit Blitzesschnelle
Sich naht, wenn banger Nothruf gellt;
Als Schiffer fahr' ich auf der Welle,
Die Mast und Kiel am Riff zerschellt;
Ich bin's, der auf den stillen Häuer,
Zermalmend wie das Himmelsfeuer,
Den Felsen stürzt im tiefen Schacht. —
So bin ich rastlos Tag und Nacht
Und steh' als Zöllner, ungerührt
Das Leben fordernd, auf der Brücke,
Die in das Ungewisse führt,
Gefürchtet und gehasst vom Glücke,
Ersehnt vom Leid, das nicht mehr hofft,
Beschworen und gerufen oft
Als letzter Retter in der Noth,
Willkommen nie. — Ich bin der Tod.

Ich fand dich, als du lagst gebettet
An deiner Mutter kaltem Leib.
Verfallen war mir nur das Weib,
Dich hab' ich vor mir selbst gerettet.
Ich that's auf meines Herrn Geheiss;
Ich selber nichts von Mitleid weiss.

Doch als der Mann im grauen Haar
Dich taufte nach der Christen Brauch,
Verspürt' auch ich den Gnadenhauch
Des Gottes, der zugegen war.
Es ward ein Tropfen mir zutheil
Vom Strom der Liebe, der da rinnt
In Ewigkeit zu eurem Heil;
Du wurdest, Sohn, mein Pathenkind.
Und dass du's bist, du sollst es spüren;
Ich will dich durch das Leben führen.
Du sollst der grösste Arzt auf Erden
Durch meine Macht und Hilfe werden
Und künftig ohne Furcht und Grauen
Dem Pathen Tod in's Antlitz schauen.

Den Leib des Vaters gieb dem Grab,
Dann aber nimm den Wanderstab
Und zieh' hinaus, lass dich belehren
Von Meistern in der Wissenschaft,
Die sich berühmt, dem Tod zu wehren
Mit Pillen und mit Kräutersaft.
Und hast du, Freund, nach schweren Wochen
Die Wand der hohlen Nuss durchbrochen,
Und weisst, wie du mit Namen nennst
Die Uebel, die du selbst nicht kennst,
Und blickst nach Hilfe rathlos um,

P. d T.

Dann wird dein Pathe wieder nahn,
Dann sollst du von dem Tod empfahn
Das grosse Magisterium,
Die Panacee, die vergebens
Der Weise sucht, den Trank des Lebens.
Fahrwohl! Der Sanduhr Körner rinnen."
So sprach der Tod und ging von hinnen.

Der Knabe streicht sich von der Stirn
Das feuchte Haar. Das war kein Traum,
Der vor dem Licht zerrinnt wie Schaum,
Kein Wahn, erzeugt vom kranken Hirn.
Das Grauen, das ihn kalt beschlichen,
Ist aus des Jünglings Brust gewichen,
Und vor sich sieht er, hoffnungsgrün,
Ein neues, reiches Leben blühn. —
Ist wohl dem Freund, der ihn begleitet
Und seinen Schritt durch's Leben leitet,
Bekannt der Weg zum Erdenglück? —
Der Blick des Jünglings kehrt zurück
Zur Gegenwart. Er beugt sich nieder
Und schliesst des Todten Augenlider.

Ein Glöcklein klingt; es kommt heran
Der Priester mit dem Sakristan,

Zuspät. — Es sinkt die schreckensbleiche
Gertrude schluchzend auf die Leiche
Und küsst die Stirn dem todten Greis.
Der Priester aber betet leis.

Guten Morgen! Der junge Tag
Grüsst vom röthlichen Hügel.
Tauben schlüpfen aus dunkelem Schlag,
Girren und strählen die Flügel,
Schwebend tragen die Schwalben herbei
Nahrung den zwitschernden Jungen,
Und am Berghang stehen Zwei,
Fest die Hände verschlungen.
Von der Halde zum letztenmal
Schaut der Wandergeselle,
Schaut hinab in das Heimatsthal
Und in die sonnige Helle.
Droben ziehen am Firmament
Goldene Wolkenkähne. —
Heiss in Gertruds Auge brennt
Eine Abschiedsthräne.

„Traute Schwester, nun weine nicht mehr!
Mach' mir mit Thränen das Herz nicht schwer!
Dir ist die Hütte des Schaffens Feld,
Mir ist's die weite, die herrliche Welt.

Willst du der Schwalbe das Wandern wehren,
Muss sie in Trauer sich verzehren.
Sehnsuchtsvoll und sonder Ruh'
Fliegt sie den fremden Ländern zu;
Aber schmilzt auf den Bergen der Schnee,
Treibt sie zurück das Heimatsweh,
Und der Wiederkehrenden Lieder
Grüssen den alten Nestbau wieder.
Schwesterlein Gertrud, lass das Klagen!
Ruhm und Ehre muss ich erjagen.
Hab' ich ereilt das ersehnte Glück,
Bring' ich's gefesselt zu dir zurück.
Horch! Mein Geselle jauchzt im Thal.
Küsse mich, Traute, zum letztenmal!"

An der Schulter Reinhards lehnt
Gertrud, stumm vor Trauer,
Aber die Brust des Knaben dehnt
Ahnungsvoller Schauer.
Nicht ein Kind, ihn küsst ein Weib,
Ueberwältigt vom Harme;
Fester um den bebenden Leib
Schlingt er die starken Arme,
Und sie schluchzt und weint und lacht,
Hält den Trauten umschlungen. —
Träumende Liebe, du bist erwacht!
Knospe, du bist gesprungen!

„Reinhard!" schallt es von unten hell,
„Spute dich, spute dich, mein Gesell!
Zeit ist's wohl, zu wandern." —
Letzter Kuss. — „Ade, ade!" —
Höchste Lust und tiefstes Weh
Wohnen eins beim andern.

„Grüss' dich der Himmel, Herzbruder mein!
Glück zum ersten Flug weltein!"
Also spricht den Reisekumpan
Auf der Strasse der Dieter an,
Der als vielgereister Student
Wege, Städte und Menschen kennt
Und dem Freund mit Rath und That
Beizustehen geschworen hat.
„Losgelassen die Schusterrappen!"
Ruft der Vagant und schwenkt die Kappen.
„Aber halt! An einem gebricht's.
Reinhard, hast du zu trinken nichts?
Gieb mir die Strohumflochtene her!
Denn die meinige trank ich leer,
Als ich mit trockenem Munde sah,
Was beim Abschied dir geschah.
Jegliche Wegfahrt, merk' dir das!
Sei begonnen mit etwas Nass,
Aber der höchste Wandergenuss
Bleibt doch ein glühender Abschiedskuss,

Und von ganzem Herzen drum,
Gönn' ich dir dein Viaticum."

„Dieter," fällt der Andere ein,
„Dieter, es war mein Schwesterlein."

Aber da lacht der Kamerad.
„Bruder, ich kenn' den Verwandtschaftsgrad,
Und der wäre, das weiss ich gewiss,
Euch kein Ehehinderniss.
Sind mir Gedanken oft aufgestiegen,
Sah ich Gertrude, die schöne, sich schmiegen
An den stattlichen Reinhard — fester,
Als dies üblich bei Bruder und Schwester.
Aber nun vorwärts, lieber Gesell!
Und im Anfang nicht zu schnell!
Musst du ein Mädchen im Herzen tragen,
Sind dir die Schuhe mit Blei beschlagen,
Aber das Wandern in kurzer Frist
Macht sie leichter als Korkholz ist.

Wollen die Bauern den Erntekranz
Lustig feiern mit Spiel und Tanz,
Aller Plackerei entledigt,
Gehen sie zuvor zur Predigt,

Nehmen vor Tanz und Schmauserei'n
Einen Löffel Zerknirschung ein,
Denn das eine gehört zu dem andern,
Fast wie der Abschied zum fröhlichen Wandern
Schwer das Herz und trüb den Muth
Macht des Liebchens Thränenfluth,
Aber schon tausend Schritte vom Haus
Sieht die Sache ganz anders aus,
Denn die Wanderlust wächst, mein Sohn,
In geometrischer Progression.
Kommt noch dazu ein ander Moment,
Jenes Gefühl, das man Hunger nennt,
Und stellt brennender Durst sich ein,
Schrumpft zusammen die Liebespein.
‚Sine Baccho et Cerere
Friget Venus. Kühl wie Schnee
Wird die Liebe bei mangelnder Nahrung‘,
Spricht ein Mann von viel Erfahrung.

Freilich, es kann auch Fälle geben,
Dass man die Last sein ganzes Leben
Schleppt hier unter dem Wanderkittel,
Und das ist ein ernstes Kapitel.

Standen zwei Liebchen auf der Brück',
Reichten sich scheidend die Hände.

Fliesst das Wasser im Bach zurück,
Ist mein Lieben zu Ende.
Als er wiederum kam in's Land — — —

Doch das Lied ist dir bekannt.
Manchmal zieht's mir durch den Sinn
Grade, wenn ich recht lustig bin.
Sieh! dort stand ich am Mühlenwehr
Neben der Käthe — lang ist's her —
Und sie schenkte mir, als ich ging,
Einen aus Haaren geflochtenen Ring.
Aber die Zeit ihr zu langsam verstrich,
Und der Peter war reicher als ich.
Hätt' sie gewartet und mich genommen,
Wäre wohl manches anders kommen,
Und ich thät' wohl kaum durch's Land
Fahren als hungriger Vagant.
Denn wie ein Bergstrom wächst die Kraft,
Wenn man weiss, für wen man schafft."

Reinhard schaut den Wanderkumpan
Von der Seite betreten an,
Der auf einmal nicht mehr lacht
Und ein ernstes Gesichte macht.
Endlich spricht er im Weiterschreiten:
„Jegliche Sache hat zwei Seiten.

Lieber doch will ich den Wanderstab schwingen
Als ein Eiapopeia singen,
Lieber rastend am Waldrand liegen
Als einen wimmernden Schreiling wiegen.
Lustig, Bruder! Die Welt ist grün,
Tausend Blumen am Wege blühn,
Und auch die Menschen sind nicht so schlecht,
Weisst du sie nur zu behandeln recht.

Trachte als fahrender Schüler vor Allen
Würdigen Pfarrherrn zu gefallen!
So ein Pfarrhof ist meiner Seel',
Was die Oase dem durst'gen Kamel.
Führst du dich beim Pfarrer ein,
Grüsse höflich und sprich Latein!
Solches liebt Hochwürden sehr,
Ob er es gleich versteht nicht mehr.
Wirb alsdann mit höfischer Kunst
Um der rundlichen Schaffnerin Gunst —
Eins, zwei, drei! ist der Tisch gedeckt
Und das Huhn an den Spiess gesteckt.

Auch am Kloster klopfst du an,
Triffst du eins an der Wanderbahn.
Aber im Stüblein neben dem Thor
Setzt man dir meist nur ein Süpplein vor,

Oder man bringt dir auf den Tisch
Einen abgestandenen Fisch;
Füllt man dir aber ein Becherlein,
Musst du ein rechter Glückspilz sein.

Atzung reicht dir auch der Meier,
Käse, geronnene Milch und Eier.
Hin und wieder gönnt er dir
Auch ein Kännlein dünnes Bier
Oder Birnmost, kühl und sauer.
Aber umsonst thut nichts der Bauer,
Und zumal den Literatis
Reicht er keine Gabe gratis,
Sondern nützt für Hof und Haus
Schlau ihr Können und Wissen aus,
Und für ein gerührtes Ei
Heischt er Dienste mancherlei.

Der hier neben dir marschirt,
Ist mit allen Salben geschmiert.
Zähne reissen und schlagen die Ader
Kann ich besser als jeder Bader,
Und für die andern Uebel alle,
Wie sie das Blut erzeugt und die Galle,
Führ' ich stets in meinem Sack
Pillen, Latwerg' und Theriak.

Auch ein gereimtes Hochzeitsgedicht
Oder ein Taufspruch schreckt mich nicht,
Und bei meinen Leichencarmen
Schluchzen die Weiber zum Erbarmen.
Weiss auch den Feuer- und Hagelsegen,
Sonnenschein kann ich machen und Regen,
Teufel bannen und prophezeihn,
Und mit Griechisch oder Latein
Heil' ich das verhexte Vieh.
Weisst ja: Mundus vult decipi.

Also führ' ich die Pflugschar wacker
Ueber der Einfalt fruchtbaren Acker.
Hin und wieder ist aber doch
Schmalhans Kellner bei mir und Koch.
Dauert zum Exempel der Regen
Fort trotz meinem Wettersegen,
Oder geht ein zur ewigen Ruh'
Die von mir behandelte Kuh,
Dann ist's aus mit meinem Credit,
Dann beflügel' ich meinen Schritt,
Eilig suchend die rettende Weite,
Und mit des Daseins sonniger Seite
Wechselt die Schattenseite, die trübe.
Schwer im Magen lastet die Rübe,
Und auch der Apfel will nicht behagen,
Den man sich hungrig vom Baum geschlagen.

Wehe der thöricht gackernden Henne,
Die sich verlaufen von Hof und Tenne!
Und die schnatternde Gans wird stumm,
Denn man dreht ihr den Kragen um."

„Nichts von Hühner- und Gänsemord!"
Fällt ihm lächelnd der Freund in's Wort.
„Denn solang mir im Beutel klirrt
Stüber und Heller, bin ich dein Wirth.
Der mich einst aus den Wasserwogen
Hat mit rettendem Arm gezogen,
Soll nicht, wenn ich's verhindern kann,
Schweifen im Land als Bettelmann.
Wohlgeborgen im Busenlatz
Trag' ich einen kleinen Schatz,
Den mir die Mutter, vom Tod ereilt,
Hinterlassen. Ich hab' ihn getheilt
Halb und halb mit dem Schwesterlein,
Und der Rest ist mein und dein,
Wird wohl in den nächsten Jahren
Dir das Hühnerwürgen sparen
Und uns beide machen satt.
Zieh' mit mir in die Musenstadt!
Willst du, Freund?"

Da fasst der Vagant
Reinhards dargebotene Hand,
Schüttelt sie und drückt sie kräftig.
Aber die Augen zwinkern heftig,
Und ein Tröpflein, heiss und hell,
Trocknet er mit dem Aermel schnell.
„Bruderherz", spricht er voll Rührung,
„Ich vertrau' mich deiner Führung,
Denn, was ich geschildert eben,
Ist im Grund doch ein Hundeleben,
Und zum Lernen ist's nie zu spät.
Auf! zurück zur Facultät!
Und vergelten will ich dir
Reichlich, was du thust an mir,
Will dir weihen alle Kräfte,
Schreiben für dich Collegienhefte,
Will dir scheeren das Haargelock,
Fegen die Stiefel und den Rock.
Und was gilt's? ich werde zum Schluss
Doctor Reinhards Famulus."

Also spricht der alte Student,
Schwingt den Stab mit Macht und rennt
Weiter, als hört' er die Glockenschläge,
Die ihn rufen in's College,
Und dem wissensdurstigen Mann
Kaum der Andere folgen kann.

Siebenfarbiger Morgenthau
Hängt an den schwanken Halmen der Au,
Blinkende Wasser eilen behend,
Lustig schwatzend, durch's Wiesengeländ,
Sonnenfroh aus jungem Getreid'
Fliegen die Sänger im Federkleid,
Höher und höher die Sonne steigt,
Und der Dieter noch immer schweigt.
Erst der Wald, der frühlingsjunge,
Löst ihm wieder Mund und Zunge,
Und ein heller Jubelschrei
Macht ihm wieder die Seele frei.
Seiner Stimme schmetternder Schall
Weckt des Bergwalds Widerhall.
Bang in Unterholz und Gras
Duckt das Reh sich und der Has,
Eichhorn hat sich, jäh erschreckt,
Hinter einem Stamm versteckt,
Und verstummt mit einemmal
Ist der Vögelein Waldchoral,
Dass sich der Dieter gezwungen sieht,
Selber zu singen ein schönes Lied:

Mundus ridet suaviter
Ordini vagorum.
Eia, eia! rura verna,

Tectum mihi et taberna,
Aula atque forum.

Freundlich lacht die weite Welt
Heimatlosen Leuten.
Hei, du maiengrünes Feld!
Markt und Schenke, Hof und Zelt
Musst du mir bedeuten.

Via lata gradior
More iuventutis,
Donec voluptatis sero
Taedio imbutus quaero
Arduam salutis.

Wandre stets den breiten Weg
Nach der Art der Jugend.
Ist die Jugendlust verrauscht,
Wird der breite Weg vertauscht
Mit dem Pfad der Tugend.

Mortuum excipiant
Angelorum chori.
Plena inter vasa cellae,
Inter oscula puellae
Ne memento mori!

Einst die ew'ge Seligkeit
Will ich mir erwerben.
Doch solang ein Fass mir rinnt,
Und mich küsst ein schönes Kind,
Denk' ich nicht an's Sterben.

Welch buntes Wogen in den engen Strassen
Der Musenstadt! Wie flattern stolz die Banner
Der Facultäten und der Landsmannschaften!
Wie prunken heut die Herrn Commilitonen
Im knappen Wams, die Feder am Barette,
Den blanken Hieber mit dem reichverzierten
Gefäss zur Seite und im Gurt das Stammbuch!
Und der Professor, der gesenkten Hauptes
Sonst durch die Gassen schleicht, mit welcher
        Würde
Zieht er einher im faltigen Talare!
Heut ist der Tag, an dem die alma Mater
Im Prunkgewand sich zeigt. Der alte Rector
Schmückt den Successor mit dem Purpurmantel
Und steigt von seinem Stuhl. Die müde Kerze
Hat eine neue Leuchte angezündet
Und ist erloschen.

      Aus dem Thor der Aula
Bewegt der lange Zug sich nach dem Domplatz,
Voraus in Scharlachröcken die Pedelle,

*Die goldnen Stäbe in den Händen tragend,
Und dann im Hermelin, mit Ring und Kette
Der neue Rector mit den vier Decanen.
Es folgt der Professoren Schaar und später
Im schwarzen Festgewand der Graduirten
Erlesnes Heer, Doctoren und Magister,
Die Baccalaurei und Licentiaten,
Zuletzt mit Pfeifern und Trompetenbläsern,
Mit Zinkenisten und mit Paukenschlägern
Der ungezählte Schwarm der Musensöhne,
Hoch überwallt von Fahnen aller Farben.*

*Zu beiden Seiten an der Häuser Mauern
Steht dicht gedrängt die Menge. Heute feiert
Das Handwerk, und die Spindel hängt am Rocken.
Verschwunden aus den Fenstern sind die Stöcke
Der rothen Nelken und der gelben Veiel,
Und statt der Blumen schauen blonde Gretchen
Und braune Kätchen freundlich auf die Strassen,
Und hoch am Giebelfenster lugt die Zofe.
Zuweilen fliegt aus der Studenten Reihen
Ein kecker Gruss empor. Die Mägdlein kichern,
Der Vater in des Erkers Hintergrunde
Zieht seine Stirne kraus, die Mutter aber,
Die töchterreiche, lächelt wie ein Herbsttag.
Auch Volk vom Land ist heut zur Stadt gewandert.*

*Mit rothem Regendache bahnt die Bäu'rin
Den Weg sich durch's Gedräng und schilt die Burschen,
Die ihre kurzgeschürzte Tochter necken.
Am Kopf die Weisheit und die ernste Würde,
Am Ende Jugendübermuth und Thorheit,
So wälzt sich durch die Stadt die bunte Schlange.*

*Jetzt aber ruft vom Thurm die grosse Glocke,
Die ihre Stimme nur an hohen Festen
Erschallen lässt. Es hat des Zuges Spitze
Den Dom erreicht. Die Orgel braust, und drängend
Schiebt sich das Volk in die gewölbte Halle,
Und dann wird's still. Zwar viele fasst die Kirche,
Allein nicht alle. Harrend auf dem Domplatz
Muss mancher stehn, und mancher thut's auch gerne
Und überlässt das Weitere dem Domprobst.*

*Da steht auch Einer, den wir längst schon kennen,
Ein bärt'ger Mann, gar trotzig anzuschauen.
Die Linke stützt er lässig auf den Schwertknopf,
Und wie ein Feldherr mustert er die Schaaren.*

Jetzt fand er, den er suchte. Klirrend schreitet
Der Dieter zu auf einen ernsten Jüngling,
Der schwarzgekleidet, mit gesenktem Haupte
Am Brunnen lehnt.

„Dich sucht' ich eben, Reinhard,"
Ruft ihm der Andre zu. „Komm, lass uns gehen!
Ich hab' dir einen klugen Plan ersonnen,
Wie wir am würdigsten den Rectorwechsel
Begehen mögen. Sieh, am heut'gen Tage,
Wo jede Kehle dürstet, wo die Menge
Sich drängt und rauft um einen Platz am Zechtisch,
Pflegt der Tabernenwirth das Mutterfässchen
Nicht preiszugeben. Seinen sauren Krätzer,
Der Fässer Bodensatz, die schalen Neigen,
Das alles mischt er klüglich durcheinander,
Versetzt's mit Würz und schenkt es aus den Gästen.
Ich kenne das. Auf, Bruder, lass uns wandern
Hinaus zur Lindenmühle! In den Mühlen
Rinnt stets ein reiner Wein. Es darf der Müller
Das Wasser, so ihn nährt, zu schnödem Weinpansch
Missbrauchen nie; sonst rächt das Element sich.
Das ist ein altbewährter Müllerglaube,
Verehrungswürdig mir und jedem Zecher.

*Komm mit hinaus zur Mühle. Hodie
Non legitur,* der *Hörsaal ist geschlossen.
Lass Bücher, Hefte, Kolben und Phiolen
Und giesse Wein auf deine Lebensmühle,
Herr Baccalaureus und Stubenhocker!"*

*Der Dieter spricht's und fasst den Arm des
Freundes
Und zieht ihn mit sich fort. Hinaus zum Stadtthor
Und über sonnbeglänzte Rebenhügel
Hinwandern sie selband.*

„*O Hauch der Berge!
Wie spielst du kühlend mir um Stirn und Schläfe!"
Ruft Reinhard aus und lüftet seine Kappe.
„O Wiesenland, o frühlingsgrüne Bäume,
O Sonne, Firmament und Wolkenzüge!
Wie alte Freunde grüsst ihr mich, der euer
Vergessen schier beim trüben Lampenschimmer."*

„*Ha!" spricht der Dieter,* „*wirst du's ein-
mal inne,
Wie schwer du dich versündigt, dass du schnöde
Den Rücken kehrtest Gottes grüner Erde?
Die, Reinhard, ist die wahre* alma Mater;
Aus ihren Brüsten quillt die Milch des Lebens

Für alle, und sie öffnet ihre Arme
Auch dem verlornen Sohn, der reuig heimkehrt.
Die andre, deren Kinder wir uns nennen,
Ist eine strenge Frau und karg und geizig.
Zu ihren Füssen, will sie, dass man sitze
Den Tag, die halbe Nacht, und nur in Tropfen
Reicht sie die Lebensmilch dem durst'gen Munde."

„In Tropfen, ja in Tropfen", murmelt Reinhard,
„Und schliesslich weiss ich nicht, ob's wirklich Wahrheit
Gewesen, was sie tropfenweis geboten.
O goldne Zeit! da in den Marmorhallen,
Umgeben von den hohen Götterbildern,
Die Jünger wandelten mit ihren Meistern,
Von deren Lippen floss der Strom der Weisheit
Lebendig wie der Quell aus Bergestiefen.
Da glich die Wissenschaft der lieben Sonne,
Die jeden labt, der sehnend ihr das Antlitz
Entgegenkehrt; und heut? wie fernes Taglicht
Am Ausgang einer Katakombe dämmert
Ihr Schein, und endlos sind die Labyrinthe,
Durch die dem Ziel der Schüler keuchend zustrebt."

„Halt!" fällt der Dieter ein. „Ein solches Streben,

*Obwohl mir unbekannt, däucht mich gefährlich,
Denn oftmals steht am End der Katakombe
Der Narrenthurm mit seinen kühlen Mauern.
Die höchste Weisheit ist die Kunst zu leben.
Und wenn du durch das Labyrinth des Wissens
Hinkeuchst und findest wo ein Tischlein Deckdich,
So wär' es Thorheit, wolltest du nicht rasten
Und dir zur weit'ren Fahrt den Leichnam
     stärken. —
Dort blinkt der Fluss, und hell im Lindenschatten
Erglänzt die Mühle, unsrer Wandrung Endziel."*

*Im Schank zur Lindenmühle sind schon Gäste
Versammelt um die braunen Eichentische.
Studenten sind's, die gleich dem wackren Dieter
Den ungetauften Wein zu schätzen wissen,
Und obenan sitzt Thilo, der Juriste,
Geachtet und gefürchtet als ein Raufbold.
Des deutschen Reiches Schulen kennt er alle,
Er kennt Paris, Bologna und Salerno,
Und allenthalben hat er mit der Schärfe
Der Klinge rothe Runen eingezeichnet.
Der fühlt sich hier als Herr. Er heisst die Beiden
Willkommen, und der mehlbestäubte Müller
Bringt den begehrten Wein im blauen Steinkrug.
Es rauscht die goldne Fluth aus seiner Höhlung,*

Der Deckel klappt, die Becher läuten fröhlich,
Und höher färben Stirnen sich und Wangen.
Hier lustig Lachen, dort ein derbes Scherzwort;
Der summt ein leises Lied und denkt des Liebchens,
Und jener klimpert auf der alten Zither.

Da wendet raunend Dieter sich zu Reinhard:
„Sieh, wie der wilde Thilo nach der Thüre
Unruhig blinzelt. Kann den Grund dir sagen.
Die schöne Müllerstochter Hermengilde
Erharrt er sehnlich. Das ist seine Traute,
Und auch das schöne Kind ist ihm gewogen
Man sagt, der Thilo wolle an den Nagel
Die Studien hängen; nun er wird nicht brechen,
Der Nagel, denk' ich, und vielleicht in Kurzem
Bringt uns den Wein des Lindenmüllers Eidam,
Der wilde Thilo im bestäubten Kittel.
Jetzt hat er Würzewein bestellt, der Schlaue;
Er hofft, dass Hermengilde selbst die Schale
Ihm bringt und ihm den ersten Becher zutrinkt."

Da öffnet sich die Thür, doch statt der Schönen
Schiebt sich ein dürftig Männlein in den Trink-
saal.
Er trägt ein buntes Wams, dem Sonn' und
Regen

Gar übel mitgespielt, und auf dem Rücken
Im Schnürsack eine Geige. Tölpisch stolpernd
Tritt er herzu und grüsst mit breitem Grinsen.

„Hoho! Der Benedict ist wieder hiesig!"
Schallt's von den Tischen. „Sei willkommen
Störger,
Du nimmersatter Schwamm! Was bringst du
Neues?"
„Gebt mir zuvor ein Glas, dann will ich reden,"
Spricht Benedict und schüttelt Leib und Glieder,
Als ob's ihn friere. „Grossen Dank, Herr Thilo.
Hei, wie das wärmt! Ist schlechte Luft im Lande,
Sehr schlechte Luft. Drum zog ich wieder heim-
wär s
Zu meinen lustigen Studenten. Gebt mir
Noch einen Becher! Dank, ihr lieben Jungen,
Ihr Bacchusbrüder! Ja, bei euch heisst's leben
Und leben lassen. Habt mir manchen Bissen
Gegönnt und manchen Labetrunk geboten,
Habt reichlich allen Schabernack vergolten,
Den ihr dem Benedict gespielt, und stirbt er
Im Spittel oder hinter'm Zaun, im Tode
Gedenkt der Wohlthat noch der alte Schalksnarr."
Er spricht's und wischt die Augen mit dem
Aermel.

Doch Lachen schallt aus der Studenten Kehlen.
„Der Benedict in Rührung! Lustig Alter!
Heraus die Geige! Lass uns etwas hören
Von deiner letzten Fahrt, ein lustig Stücklein!"
Auf einen Schemel nieder hockt der Spielmann
Und kratzt die Geige mit dem Fiedelbogen,
Dann hebt er an mit dünner Krähenstimme:

„Gefahren bin ich weit im Land herum
Von Cylisyria bis Montaflesium.
Da stand der Fluss in Flammen lichterloh,
Die Bauern aber löschten ihn mit Stroh.
Ein grosses Schiff lag eben dort am Strand,
Dass hatte weder Boden, Rand noch Wand.
Da stieg ich ein. Mich trug die Windesbraut
Auf einen Berg von Speck und Sauerkraut.
Von Leder stand ein kleines Kirchlein droben,
Die Glocke aber war aus Zwilch gewoben" — —

Knack! springt die vierte Saite von der Fiedel,
Und Benedict bricht ab. „Ihr lieben Herren,
Erlasst mir Spiel und Lied! Heut will nicht
                                  glücken
Die Narrethei. Ich sah zuviel des Schlimmen
Auf meiner Fahrt; das schnürt mir zu die Kehle.
Ein böser Vogel ist in's Reich geflogen

*Auf schnellen Schwingen. Aus dem Land der
              Türken
Durch Ungarn nahm er seinen Weg nach Böheim,
Und schon in Sachsen schwingt er seine Flügel,
Und wo er schreit, da giebt es Leichen, Leichen.
Das sind für einen Spielmann schlechte Zeiten.
Die Linden in den Dörfern sind verödet,
Und statt der lust'gen Weisen, die den Bauer
Zum Tanzplatz locken, schallen Sterbelieder
Und ernster Bussgesang. Da macht' ich Kehrum
Und floh in Eile vor der bösen Seuche."*

*„Was krächzt der Unglücksrabe?" ruft der
              Dieter
Und schlägt mit seiner Klinge auf den Zechtisch,
Dass Krug und Glas erklirrt. „Lasst euch ver-
              gällen
Durch Sorge nicht den Wein! Trinkt, Gut-
              gesellen!
Füllt alle Becher bis zum Rand! Bibamus!
Den Cantus lasst erbrausen, Gaudeamus!"*

*Und „Gaudeamus igitur!" erschallt es
Aus dreissig Kehlen, die der Wein geschmeidigt.
Die Mauern dröhnen, und die Becher klirren,
Die Klingen blitzen, und die Augen leuchten.*

Und dass die holde Dreizahl ganz sich fülle,
Tritt in den Kreis der sangesfrohen Trinker
Des Müllers Kind, die schöne Hermengilde
Im blauen Faltenrock, den blonden Haarzopf
Zur Krone aufgewunden und durchstochen
Von einer silberlichten Zitternadel.
Da schweigt der Sang, und aller Augen trinken
Der Jungfrau Reiz. Die Schöne aber schreitet
Mit leichtem Schritt auf Thilo zu; die Schale
Hebt sie mit weissen Armen auf die Tafel
Und füllt die Gläser mit dem dunklen Würzwein.
Der Thilo aber hebt den vollen Becher
Und ruft im Rausch der Liebe und des Weines:
„Trink mir ihn zu, mein Herzgespiel! Es gebe
Dein rother Mund dem Trank die rechte Würze.
Dein erster Kuss dem Becherrand, dein zweiter
Mir selber!" Also ruft der wilde Thilo
Und schlingt den Arm um Hermengildes Hüfte.

O weh, du Thor! Was dir in trauter Stunde
Freiwillig wird geboten, heischt du prahlend
Im Kreis der Zechgenossen. — Zorngeröthet
Entreisst sie sich dem Arm des Unbedachten
Und wendet sich zum Gehn. Doch in der Thüre
Kehrt sie sich um und mustert die Gesellen.
Dann tritt sie an den Tisch und spricht zu Rein-
hard:

„*Erlaubt mir, Herr!*" *und hebt den vollen Becher*
An ihre Lippen: „*Heil und Segen allen!*"
Ruft sie und neigt sich grüssend und entschwindet.

Erst sitzt verstummt der Zecher Schaar
Dann aber
Ertönt der Schadenfreude rauhes Lachen.
„*Gieb dich zufrieden, Thilo!*" *tröstet Einer,*
„*Im röm'schen Reiche giebt's noch viele Dirnen,*
Und ist's nicht die, so ist es eine andre."
„*Traun*", *spricht ein Zweiter,* „*solch ein bleiches*
Antlitz,
Umwallt von rabenschwarzen Ringellocken,
Das ist für blonde, rosenfarbne Mägdlein
Die liebste Augenweide. — Heil dir, Reinhard!"
„*Tief sind die stillen Wasser*", *spricht ein Dritter.*
„*Still sitzt der Baccalaureus beim Weinkrug,*
Die Feueraugen lässt er heimlich wandern
Und bannt mit seinem Blick wie eine Natter
Das arme Vögelein." — *Da springt vom Sessel,*
Zur Wuth gereizt, empor der wilde Thilo.
„*Trinkt!*" *ruft er,* „*trinkt das Wohlsein meiner*
Trauten!
Versteht ihr? meiner Hermengilde Wohlsein!
Und wer sich weigert" — — — *Krampfhaft*
fasst die Rechte

Des Hiebers Griff. Da schweigt das Lachen
jählings,
Und jeder leert gehorsam seinen Becher,
Nur Einer nicht.

Am Tisch wie traumverloren
Sitzt Reinhard; nach der Thüre starrt sein Auge,
Doch nicht nach Hermengild, die dort ver-
schwunden.
Ein neuer Gast ist leise eingetreten,
Und Reinhard kennt den Mann in grauer Kutte.
Unhörbar wie ein Schatten wandelt langsam
Der Schreckliche, unsichtbar allen andern,
Von Sitz zu Sitz, als ob er Einen suche.

„Was zauderst du, Gesell?" schreit zornig
Thilo
Zu Reinhards Sitz hinüber, und vom Sessel
Aufspringt der wilde Bursche. — „Trink!"
mahnt Dieter,
„Mit dem ist nicht zu spassen." Aber Reinhard
Verharrt in Schweigen. — Jetzt, jetzt hat der
Graue
Gefunden, den er sucht. Den alten Spielmann
Hat er erreicht und rührt ihm leis die Schulter.
„Trink auf das Wohl der schönen Hermengilde!"

Schreit Thilo wüthend, und mit Schwert und
             Becher
Schwankt er auf Reinhard zu. —

            „Gott sei mir gnädig!"
Erschallt es aus dem Winkel, und vom Schemel
Zu Boden stürzt der Fiedler. Von den Tischen
Aufspringen die Studenten und umdrängen
Den Alten, der am Boden liegt und röchelt.
Da beugt sich Reinhard über den Gestürzten,
Er hebt das bläulich überlaufne Antlitz
Empor und späht in die verzerrten Züge.
„Entweiche", ruft er, „wem das Leben lieb ist!
Das ist die Pest, der schwarze Tod!"

              Da stürzen,
Von jäher Angst gepackt, die bleichen Zecher
Aus Thür und Thor. Aufschreiend aus der Mühle
Rennt Herrschaft und Gesind in wildem Flüchten,
Und stille wird's in Haus und Hof. Verröchelt
In Reinhards Armen hat der alte Spielmann,
Und Reinhard ist allein mit seinem Pathen.
Da spricht der Tod: „Gekommen ist die Stunde,
Mein Wort zu lösen. Deine Pathengabe,
Heut sollst du sie empfangen. Folge Knabe!".

Sie lassen das öde Unglückshaus;
Als Führer schreitet der Tod voraus.
Durch Rebengärten führt der Weg,
Durch Wiesenland und Baumgeheg.
Die Blumen welk die Häupter neigen,
Die Saaten stehen wie verbrannt,
Streift sie des Todes Schleppgewand.
Scheu fliegt der Vogel aus den Zweigen,
Laut kreischend zieht der Falk waldein,
Und liegt ein Hof am Strassenrain,
So schnaubt das Vieh in seinen Ställen,
Und schaurig schallt der Hunde Bellen.

Und weiter wandern sie, die Beiden,
Durch Ackerland und wüste Haiden.
Der schwarze Rabe krächzt sein Lied,
Rohrdommel klagt aus Moor und Ried.
Es hebt aus Binsen und aus Rohr
Die Natter züngelnd den Kopf empor
Und flieht, erkennt sie den grauen Gast,
Erschreckt zurück in den Morast

Und liegt im Knäuel regungslos.
Und weiter ohne Aufenthalt,
Durchschreitend Sumpf und feuchtes Moos,
Betreten sie den Eichenwald,
Und grüne Dämmerung umspinnt
Den Tod mit seinem Pathenkind.

Kein Drosselsang ertönt im Hag,
Kein Amselruf, kein Finkenschlag,
Nur abgestorbner Bäume Knarren.
Hier spriesst der gift'ge Eisenhut,
Der Fliegenschwamm, gefärbt wie Blut,
Tollkraut und Alraunwurz und Farren.
Dort, wo die mächtigste der Eichen,
Umringt von dürren Schwesterleichen,
Bemoostes Felsgestein umkrallt,
Macht Reinhards Führer endlich Halt
Und deutet auf ein seltsam Kraut,
Desgleichen jener nie geschaut.

„Hier", spricht er, „wächst die Panacee,
Die jegliches Gebrest und Wehe,
Das an des Lebens Wurzel nagt,
Mit ihrer Zauberkraft verjagt.
Es sucht das Kraut mit gier'gem Munde
Der Edelhirsch, der waidewunde,

Und fristet seines Lebens Licht;
Die Schwalbe kennt es und der Specht,
Der Ottern giftiges Geschlecht,
Die klugen Menschen kennen's nicht.
Dir Reinhard, meinem Pathenkinde,
Sei es geschenkt als Angebinde.
Ein Tropfen aus dem frischen Laub,
Ein winzig Korn von seinem Staub
Heilt jede Krankheit, bannt selbst mich.
Vor Einem aber warn' ich dich.
Wenn an des Siechen Lagerstatt,
Zu der man dich gerufen hat,
In sichtbarer Gestalt ich stehe,
Dann ist verfallen mir das Leben
Des Kranken. — Wehe, Reinhard, wehe!
Wenn du es wagst zu widerstreben
Dem Tod, wenn mir dein Fürwitz nimmt
Das Opfer, so mir Gott bestimmt.

Du hast dein Glück in deiner Hand.
In Kurzem wird durch Stadt und Land
Des Wunderarztes Ruf erschallen.
Die Saat ist reif, die Schwaden fallen
Von meiner Sichel. Es beginnt
Dein Werk. Glück zu, mein Pathenkind!"

Todtenglocken unablässig hallen,
Hinter Kreuz und Kirchenfahne wallen
Büssende und singen Sterbepsalmen,
Rauch verbreitend in den Strassen qualmen
Seuchenfeuer, und misstönend knarren
Durch die Stadt die schwarzen Leichenkarren.
Mancher, als die Seuche hat begonnen,
Ist mit Weib und Kind der Pest entronnen.
Heute keiner mehr zu fliehen trachtet,
Denn das Gastrecht wird nicht mehr geachtet.
Heute haben alle Nachbarstädte
Thor und Thür gesperrt mit Schloss und Kette,
Und der Bauer mit der Holzaxt wehrt
Jedem Flüchtigen, der Einlass gehrt.
Doch was hilft's? Der Tod geht durch das Land
Unaufhaltsam wie ein Steppenbrand.
Seinen Weg hemmt weder Thurm noch Schloss,
Ueber Thor und Mauer setzt sein Ross,
Und in's Prunkgemach, in's Kämmerlein
Geht er durch verschlossne Thüren ein.

Um des Himmels Strafgericht zu wenden,
Bringt das Volk der Kirche Opferspenden,
Ihren Schmuck die Edelfrau, die reiche,
Und die Bettlerin, die hungerbleiche,
Eine magre Kerze. Leise schreitet
Durch den Dom der Tod, und sterbend gleitet
Edelfrau und Bettlerin zur Erde.
Und der Hirt, zu dem die bange Herde
Sich geflüchtet vor des Rächers Flammen,
Stürzt verröchelnd am Altar zusammen.

Fackeln leuchten im gewölbten Saal;
Die Verzweiflung prasst beim Henkersmahl.
Schüsseln rauchen, und Pokale klirren,
Wilder Sang ertönt zu Saitenschwirren,
Und die Dirnen drehen sich im Tanz.
Aber wenn erlischt der Sterne Glanz,
Und die letzte Fackel qualmend loht,
Setzt zur Tafel sich der bleiche Tod.
Wenig Zecher wankend heimwärts schleichen,
Und im Saale bleibt ein Knäuel Leichen.

Schwarz vermummt, wie mitternächt'ge Geister
Schreiten durch die Stadt die weisen Meister.
Mit dem Rauchfass und verhülltem Munde
Machen sie von Bett zu Bett die Runde,

Hochgepriesene Arcana reichen
Sie den Kranken — morgen selber Leichen.

Aber Einer, der uns wohlbekannt,
Wandelt wie ein Helfer gottgesandt
Durch die Häuser rastlos früh und spat,
Und die Hoffnung lebt, sobald er naht.
Heil dem Siechen, dem der Jüngling reicht
Seinen Trank! Die Gluth des Fiebers weicht,
Und in kurzer Frist genest der Kranke.
Aber Reinhard geizt mit seinem Tranke.
Nicht durch Thränen lässt er sich verleiten,
Ihn zu geben einem Todtgeweihten,
Nicht durch Gold und auch durch Mitleid nicht. —
Und der Dieter warnend zu ihm spricht:

„Dass du sparst mit deinem Elixir,
Wunderdoctor, nicht verdenk' ich's dir.
Aber unklug ist's und hart, den Glauben
An Genesung Sterbenden zu rauben.
Höre meinen Rath. In deiner Tasche
Trage schlau noch eine zweite Flasche
Wasser oder Syrup auch von Rosen,
Und von diesem gieb den Hoffnungslosen.
Dann noch Eins: Es ballt sich allgemach
Wetterschwanger über deinem Dach

Eine Wolke. Neid folgt deinen Spuren
Und der Argwohn deinen Wunderkuren.
Unsre Meister, die gelehrten Tröpfe,
Schütteln ihre dünkelvollen Köpfe,
Und die Sage geht von Mund zu Munde,
Dass du mit dem Teufel stehst im Bunde.
Armer Freund! Du hast so manche Nacht
Brütend bei den Büchern zugebracht,
Hast bei Kolben, Büchsen und Phiolen
Oft dich um den süssen Schlaf bestohlen,
Und der Mühen Frucht, die Arzenei,
Hält das dumme Volk für Teufelei!
Zwar, solang die Pest im Lande wüthet,
Bist du vor Verfolgung wohl behütet,
Aber dann! Du wärst der erste nicht,
Dem der Undank Dornenkronen flicht.
Auf den Händen wirst du heut getragen,
Morgen wirst du an das Kreuz geschlagen,
Und die Klugen können's nicht verzeihn,
Willst du klüger als die Klugen sein.
Wohlgefüllt mit Geld ist deine Truhe.
Auf! und rüste deine Wanderschuhe,
Und zur Abfahrt halte dich bereit,
Wenn ich melde: Jetzt ist's an der Zeit."

Und die Freunde reichen sich die Hände.
„Noch ist meine Arbeit nicht zu Ende",

Spricht der Andre, „und ich kann in Ehren
Jetzt der Stadt nicht meinen Rücken kehren.
Später, später. Ach! des Heimweh's Qual
Zieht mich mächtig nach dem Heimatsthal,
Und im Traume seh' ich jede Nacht
Hoch am Berg die Hütte strohbedacht;
Fromme Schwalben nisten am Gebälke,
In den Fenstern blühen Ros' und Nelke" — —

„Und", fällt Dieter ein, „am Fensterladen
Sitzt ein blondes Kind und dreht den Faden,
Spinnt mit Emsigkeit am Hochzeitslinnen.
Doch die Monden langsam nur verrinnen,
Und ein leiser Seufzer schwellt das Mieder:
Wann, Geliebter, kommst du endlich wieder? —
Nun, mein Freund, du hast dich brav gehalten.
Alle Liebespfeile, die dir galten,
Prallten ab von deiner Treue Schild,
Selbst der Pfeil der schönen Hermengild. —
Hast du schon die neue Mär vernommen?
Thilo wird sein Schätzchen doch bekommen
Ja und Amen sagten beide Alten,
Und am Sonntag ward Verspruch gehalten.
Bin begierig, ob des Thilo Gnaden
Wird zu seinem Hochzeitsfest dich laden.
Nun fahrwohl! Ich weiss, dich ruft die Pflicht,
Und vergiss des Freundes Warnung nicht!"

Langsam schleichen hin die Schreckenswochen.
Heute scheint der Seuche Kraft gebrochen,
Doch entfesselt tobt sie morgen wieder,
Und auf's Neue tönen Sterbelieder.
Einst um Mitternacht, als müd und matt
Reinhard sank auf seine Lagerstatt,
Schallt es vor dem Haus von Rosseshufen.
Durch das Thor herein, die Treppenstufen
Angstbeflügelt stürmt's herauf, und jach
Stürzt der wilde Thilo in's Gemach.
„Reinhard auf! und wehre dem Verderben!
Hermengilde, meine Braut, will sterben!"
Reinhard springt von seines Lagers Bord,
Und der Andre fährt mit Keuchen fort:
„Erst ergriff's den Vater. Vor drei Tagen
Haben wir ihn aus dem Haus getragen.
Dann ergriff's die Mutter. Auf den Knieen
Bat ich Hermengild, das Haus zu fliehen,
Doch sie wich nicht von der Mutter Bette.
Nun sie selber! — Rette, Reinhard, rette!"

Und sie eilen. Wie vom Wind getragen,
Ihre Rosse durch die Strassen jagen.
Eulenruf erschallt von Thurm und Dächern,
Hier Gebet und dort Geklirr von Bechern,
Und die Krankenlampe scheint durch's Fenster.
Weiter sprengen sie wie Nachtgespenster

Durch die Fluren, über Bäche, Bühle,
Bis sie halten an der Lindenmühle.

„*Rasch hinauf! will's Gott, noch nicht zu spät!*"
Nein, noch hat der Schnitter nicht gemäht.
Beide Frauen athmen noch mit Noth,
Doch bei Hermengilde steht der Tod.
„*Nun heraus mit deinem Elixir!*"
Drängt der Thilo. „*Rasch der Tochter hier*
Deinen Balsam!" — *Leise Reinhard spricht:*
„*Tröste dich mit eitler Hoffnung nicht.*
Jene rett' ich, doch der Tochter Leben
Rettet Einer nur." — *Mit Widerstreben*
Lässt er in den Mund der Todtgeweihten
Einen Tropfen Rosenwasser gleiten,
Wie es ihm sein kluger Freund gebot;
Und mit grausem Lächeln sieht's der Tod.
Dann zum zweiten Lager hingewendet,
Sein Arcanum er der Mutter spendet,
Und sobald ein Tropfen netzt den Gaum,
Flieht das Fieber wie ein Morgentraum,
Sanfter Schlaf tritt an der Gluthen Stelle,
Und beruhigt fliesst des Blutes Welle.

Da — ein Seufzer, tief aus Herzensgrund,
Und ein wilder Schrei aus Thilos Mund. —

Eine Blume von erblichnem Glanz
Flicht der Tod in seinen Erntekranz.

Thilo kniet am Bett der todten Braut,
Ringt die Hände, schluchzt und jammert laut,
Plötzlich springt er rasend auf und fährt
An die Linke, doch ihm fehlt das Schwert.
„Teufelsbanner!" knirscht er wutherstickt,
„Du, du hast die Blüthe mir geknickt,
Hast mit Liebeszauber erst verrucht,
Meine Braut zu stehlen mir versucht,
Und da ohne Hoffnung war dein Werben,
Musste meine süsse Traute sterben.
Sah es wohl, du hast Phiolen zwei;
Nur der Mutter gabst du Arzenei,
Und genesen wird die Altersschwache.
Diese fiel als Opfer deiner Rache.
In die Hölle wollt' ich stracks dich senden,
Hätt' ich meinen guten Stahl zu Händen,
Aber bald wird deine Stunde schlagen.
Wird zum drittenmal der Morgen tagen,
Soll im Eichenwald das Schwert entscheiden,
Wen der Rasen decke von uns beiden.
Härte deinen Körper meinethalben
Dir mit schwarzer Kunst und Teufelssalben.
Amulette nicht und Zaubersegen
Fürchtet ein gerecht geführter Degen."

Schreit's und wirft am Todtenbett sich nieder,
Und der Schmerz durchzuckt des Starken Glieder.

Traurig schreitet aus dem Sterbehaus
Reinhard in die finstre Nacht hinaus.
Seufzend spricht er: „Hilfe muss ich spenden
Willenlos und mit gebundnen Händen.
Eine schwere Bürde für das Leben
Hast du, Tod, dem Pathenkind gegeben."

Blasse Morgendämmrung streitet
Mit der Nacht. Vom Kamm der Berge
Fährt zu Thal der scharfe Frühwind,
Scheucht den Nebel von den Wiesen,
Streicht durch's Binsenrohr am Weiher,
Dass es fröstelnd schauert, kräuselt
Leicht die Fluth und hält mit Brausen
Seinen Einzug in den Wald.
In der Erde dunklen Spalten,
In den hohlen Eichenstämmen
Birgt sich das Gethier, das raubend
Schleicht und fliegt beim Schein der Sterne,
Und der Sonne frohe Kinder
Regen sich. Es strählt der Vogel
Sein Gefieder, und das Wämslein
Säubert sich das braune Eichhorn.
Mählich röthen sich die Wipfel,
Leis zuerst, dann immer lauter
Schallt der Vögel Ruf. Da kommt sie,
Die ersehnte Mutter Sonne;
Freundlich aus der goldumsäumten

Wolkenhaube blickt ihr Antlitz,
Und mit vollen Händen streut sie
Siebenfarb'ge Edelsteine
Auf den Wald zum Morgengruss.

Durch das feuchte Moos und Riedgras
Schreiten Zwei. Auf ihren Degen
Blitzt das Frühlicht, und der Eine
Trägt ein Bündel auf den Schultern.
Vieles spricht der treue Dieter,
Müht sich redlich, des Genossen
Nachtgedanken zu verjagen,
Doch ihm selber klopft das Herze
Mehr als Reinhard, denn mit Bangen
Denkt er an die nächste Stunde,
Und am Ende schweigt auch er.
„Wär' doch schade!" spricht er grimmig
Zu sich selber, „wär' doch schade!
Und der Einsatz ist zu ungleich.
Ein Krystallkelch hier voll Rheinwein,
Und ein Passglas dort voll Dünnbier.
Kommt das Schicksal, dieser Tölpel,
Stösst die Becher an einander,
Und das Kelchglas bricht in Scherben,
Und die Erde trinkt den Wein.
Wär' doch schade, jammerschade!"

*Eine Waldesaue haben
Sie erreicht. Das ist die Stelle,
Wo die Würfel fallen sollen.
Wetterharte Eichen stehen
Rings im Kreis. Sie sahen manchen
Blut'gen Zweikampf; mancher Wunde
That im Schatten ihrer Kronen
Seinen letzten Athemzug.*

*„Höre, Dieter!", spricht zum Freunde
Reinhard. „Meinen letzten Willen
Hab' ich dir vertraut, und redlich
Wirst du ihn vollziehn, ich weiss es,
Wenn ich scheiden muss vom Leben.
Bin ein Findling. Mutterthränen
Fallen nicht auf meinen Hügel.
Hab' auf dieser weiten Erde
Zwei nur, die mein Tod bekümmert:
Dich, du treuer Freund, und Gertrud,
Und ihr zwei seid meine Erben.
Deckt die Erde mich, so eile
Heimwärts. Meine letzten Grüsse
Ueberbring der Trauten; sag' ihr,
Dass ich in der Todesstunde
Ihrer dachte. Weinen soll sie,
Aber nicht zu lange; schade*

Wär's um ihre lichten Augen,
Und dem Todten nimmt's die Ruh'."

Eine Thräne schluckt der Dieter,
Doch er zwingt sich, und mit rauher
Stimme spricht er: „Nichts von Sterben!
Jetzt ist keine Zeit zur Rührung,
Denn die Rührung lähmt die Sehnen,
Und der Schmerz macht trübe Augen,
Und jetzt heisst's: die Augen offen!
Blicke, wenn ihr kreuzt die Klingen
Nicht auf Handgelenk und Degen
Deines Widerparts. In's Auge
Muss der Fechter spähn dem Fechter,
Denn dass Auge trifft die Blösse
Vor dem Stahl und wird zum Herold
Jedem Streich und jeder Finte. —
Sieh! dort kommt der wilde Thilo
Wie ein wälscher Hahn im Koller,
Dass der Secundant, der kleine,
Schwarze Heinz mit seinen kurzen
Beinen kaum ihm folgen kann.

Stummer Gruss. — Die Secundanten
Schreiten über's Gras und spähen
Nach verborgnen Hindernissen,

Dass nicht über Stein und Wurzel
Einer strauchle; Wind und Sonne
Theilen sie und weisen jedem
Seinen Platz und treten seitwärts.
„Kaltes Blut und sichres Auge!"
Raunt der Dieter, aber Reinhard
Starrt in's Waldesdunkel. —

       Lautlos
Kommt's heran. Kein welkes Baumblatt
Knistert, und kein Grashalm beugt sich
Unterm Fuss des grauen Wandrers,
Der dem Kampfplatz eilig naht.
„Kommst du, Pathe, mich zu rufen?"
Fragt der stumme Blick des Jünglings.
Und der Tod versteht die Frage,
Denn er schüttelt. Auf den Gegner
Schwebt er zu und steht als zweiter
Secundant an seiner Seite.

„Fertig!" schallt der Ruf der Zeugen,
Und in Thilos kampfgeübter
Rechten blitzt die nackte Klinge,
Aber Reinhard senkt den Degen.
„Thilo", spricht er, „lass noch einmal
Freundesworte zu dir sprechen.
Wenn von uns, die wir die Klingen

*Kreuzen, einer ist beleidigt,
So bin ich's. Was du gesprochen,
Als der Schmerz dich überwältigt,
Weisst du. Doch die schwerste Kränkung
Macht ein freundlich Wort vergessen.
Sprich das Wort und zieh' in Frieden."*

*Höhnisch lachend ruft der Andre:
„Steigt das Wasser dir zur Kehle,
Feigling? Haben deine Teufel
Dich verlassen?"*

*„Thilo, Thilo!"
Ruft vom Schmerz gefasst der Jüngling,
„Rette dich, sonst musst du sterben,
Sterben! Hinter dir auf Lauer
Steht der Tod."*

*„In meiner Klinge
Sitzt der Tod!" schreit Thilo wüthend. —
Blitz und Schlag. — Mit knapper Noth noch
Deckt sich Reinhard, aber klirrend
Von der Wucht des schweren Streiches
Springt die Klinge ihm, und schwirrend
Fliegen durch die Luft die Splitter.*

Vor den Freund, der wehrlos dasteht,
Springt der treue Dieter; schirmend
Mit dem vorgestreckten Degen
Den Bedrohten ruft er Halt.

Doch was ist das? — Thilos Rechte
Lässt den Degen kraftlos sinken
In das Gras. Ein rother Blutbach
Quillt aus seinem Mund, und taumelnd
Stürzt er rücklings wie ein Waldbaum,
Den die Axt gefällt, zu Boden.
Ueber den Gefallnen beugen
Sich die beiden Secundanten.
Aus der Brust des wilden Thilo
Ragt ein Splitter von der Klinge
Reinhards. Nacht umzieht des Wunden
Augen, und auf seine bleiche
Stirne schreibt der Tod sein Mal.

„Gnade Gott der armen Seele!"
Spricht der Dieter. Auf die Erde
Knieen die Studenten nieder,
Leise betend.

„Nun gilt's Eile",
Drängt der Treue. „Folge Reinhard!

*Dem da ist nicht mehr zu helfen.
Denk' an dich und lass dich führen;
Dort hinaus! Dort geht die Strasse
Nach der Gränze. — Schau zurück nicht!
Was gemäht ist, ist gemäht."*

*Und er zieht den Willenlosen
Mit sich fort; doch als die weisse
Strasse blinkt durch's Grün des Waldes,
Schlägt er listig einen Haken
Wie der Hase vor dem Windspiel,
Und den Schritt gen Süden lenkend,
Spricht er also: „Noch vor Mittag
Sind des weisen Rathes Knechte,
Uns zu fahen, in den Sätteln.
Glück zur Reise! Bin zu lange
Als geriebener Vagante
Durch die grüne Welt gefahren,
Um den klugen Hegereitern
In das Garn zu laufen. — Vorwärts!
Und im nächsten Dorfe kaufen
Wir zwei Rosse, und dann reiten
Wir, solang der Säckel ausreicht
Durch die Welt auf Abenteuer.
Ist mir in den letzten Tagen,
Als ich spürte, wie der Boden*

Unter unsren Füssen heiss ward,
Manches durch den Kopf gegangen.
Sieh, in Wälschland geht es wieder
Lustig her. Auf allen Strassen
Wirbt die Trommel, und die Knechte
Schaaren sich um ihre Fähnlein.
Viele von der Erde Freuden
Hab' ich schon gekostet; viele
Sind mir unbekannt geblieben.
Rösslein tummeln, Bivacht halten,
Um die Lagerfeuer liegen,
Schanzen stürmen und als Sieger
Durch die Mauerbresche reiten,
Das sind Dinge, die ich leider
Nur von Hörensagen kenne.
Auf! und zieh' mit mir nach Wälschland!
Wenn dir nicht behagt das Raufen,
Kannst du deine Kunst verwerthen.
Wo es Hiebe setzt, da braucht man
Pflaster auch. Und vor der Rache,
Die dir nachstellt, bist du sicher
Unterm Schatten deiner Fahne
Wie das Kind im Mutterschooss.
Ueberleg' dir's, Freund! Einstweilen
Lenken wir die flücht'gen Schritte
Nach dem Süden, nach der Alpen
Schneebedeckten Felsenmauer.

Nun fahrwohl, du Stadt der Musen
Aula, Hörsaal und Katheder
Und du kühler Burschenkeller!
Wollte zwar im nächsten Halbjahr
Ernstlich mich den Studien widmen,
Doch das Fatum will es anders.
Weite Welt, du hast mich wieder!
Von der Sandbank schnalzt der Karpfen
Fröhlich in sein Element.

*Heut scheint Italiens Sonne roth,
Als hätt' sie gebadet in Blut;
Ihr letzter Schein auf den Dächern loht
Der Stadt, die in der höchsten Noth
Sich wehrt mit grimmigem Muth.
Rings Weingeländ und Weizenfeld
In wild zerpflücktem Kranze,
Und weit im Bogen Zelt bei Zelt,
Geschirmt durch Wall und Schanze.
Es blinkt der Lagerfeuer Schein
Auf blanken Eisenhauben;
Die Knechte singen, die Wachen schrein,
Die beinernen Würfel rasseln drein,
Die Pferde wiehern und schnauben,
Und wo das Zelt des Feldherrn steht,
Vom hohen Schaft das Banner weht.*

*Nun lasst euch führen. Dort am Bühl,
Bedacht mit grünen Aesten,
Liegt eine Hütte, schattenkühl,
Umringt von lärmenden Gästen,*

Und hinterm Fässlein emsig schafft
Ein Weib im Scharlachmieder.
Dort finden wir beim Traubensaft
Die beiden Flüchtigen wieder,
Als Arzt den einen hochgeehrt,
Den andern aber stahlbewehrt.
Und Knechte lagern auf dem Grund
Von allen Zeichen und Farben,
Den Hut geschmückt mit Federn bunt,
Die Stirn mit rothen Narben.

Da hockt ein Bürschlein auf dem Fass
Am Eingang der Cantine
Und klimpert ohne Unterlass
Auf einer Mandoline.
Ein Reiterschwert der grössten Art
Trägt er am Wehrgehänge;
Wie Hühnerflaum ist weich sein Bart,
Und wie er singt, so klingt es zart,
Als ob ein Fräulein sänge:

Ich bin gelaufen aus Schul' und Lehr'
Und habe zerknickt die Feder.
Ade auf Nimmerwiederkehr,
Magister und Katheder

*Vergessen hab' ich den Cicero
Und alle klassischen Alten.
Delectat variatio,
Das hab' ich allein behalten*

*Hab' lang getrunken saures Bier
Und blonde Dirnen umfangen.
Jetzt lüstet mich's nach Malvasier
Und dunkelbraunen Wangen.
Schwarzblaue Trauben giebt's am Po,
Dazu schwarzlockige Mädchen. —
Delectat variatio,
Fahwohl, du blondes Kätchen!*

*Da streicht den Bart der lange Veit
Und blickt in seine Kanne weit
Und spricht: „Gesell, der Krätzer hier
Schmeckt wahrlich nicht nach Malvasier.
Und wenn nicht bald das Krämernest
Die weisse Fahne flattern lässt,
So singst du, tapfres Schreiberlein,
Dein Liedel bald bei Gänsewein.
Die Dörfer und die Höfe leer,
Den Sold zahlt man uns auch nicht mehr,
Das Brot verschimmelt, knapp der Wein,
Da soll der Teufel Landsknecht sein!"*

Und warnend Jobst, der Alte, spricht:
„Ei Veit, das Fluchen bessert's nicht.
Und willst du kommen heil an's Ziel,
So lass den Satan aus dem Spiel.
Gott ist der Knechte Hilf' und Macht,
Eine feste Citadelle;
Er wacht und schildert Tag und Nacht,
Thut Rond' und Sentinelle.
Gott und die Heiligen allein
Sind's, die dem Heer den Sieg verleihn."

Da lacht der Veit: „Bist wieder weich
Und denkst an deine Sünden,
An Ewigkeit und Himmelreich
Und fette Klosterpfründen? —
Wir lagen einst, der Jobst und ich
Selband in einem Kloster,
Und mit gesenktem Haupte schlich
Der Jobst einher und quälte sich
Mit einem Paternoster.
Schon dacht' ich mir, er lässt das Schwert
Und wird ein Gottesstreiter.
Doch als das letzte Fass geleert,
Da macht' er plötzlich rechtsumkehrt
Und zog geläutert weiter."

Gelächter rings, und Dieter spricht:
„Freund Jobst, das Beten hilft dir nicht.
Kein Landsknecht geht durch's Himmelsthor,
Sanct Peter schiebt den Riegel vor
Und steht auf Schildwach Tag und Nacht.
Ein lustig Märlein ist's. Habt Acht!"

Es zog ein Häuflein Knechte
Durch's Land, vor Hunger bleich.
Die Zeiten waren schlechte,
Denn Frieden war im Reich.
Der Bürger und der Bauer
Sie barsch von hinnen wies;
So kamen sie in Trauer
Bis vor das Paradies.

Sanct Peter sah die Armen
Und bat den lieben Gott:
„O Herre, habt Erbarmen
Mit dieser armen Rott'!"
Der aber sprach: „Freund Peter,
Die dürfen nicht herein;
Sie schlügen mir wohl später
Den Himmel kurz und klein."

Den wegemüden Mannen
Ging die Geduld zu End.
Zu fluchen sie begannen
Bei Kreuz nnd Sacrament.
‚O höret, wie sie beten",
Sprach Petrus abermal,
„Ich bitt' Euch, lasst sie treten
In Euren Himmelssaal."

‚Willst du's nicht besser haben",
Sprach Gott, „so lass sie ein.
Du wirst der frommen Knaben
Bald herzlich müde sein.
Du bist gewarnt; nun hüte
Vor ihnen Hof und Haus
Und schau, wie du in Güte
Sie wieder bringst hinaus"

Sanct Peter lief, die Thüren
Erschloss er ihnen gleich
Und thät die Gäste führen
Mit sich in's Himmelreich.
Und als hinein gekommen
Die Knechte lobesan,
Da fingen bei den Frommen
Sie flugs zu betteln an.

*Und zogen aus den Taschen
Das Schelmenbein heraus
Und huben an zu paschen
Sechs, quater, zink und Daus,
Und sangen wüste Lieder
Und machten gross Geschrei.
Da kam Sanct Peter wieder
In hellem Zorn herbei.*

*„Wollt ihr im Himmel balgen?"
Schrie er die Knechte an.
„Hebt euch hinweg zum Galgen!
Das Thor ist aufgethan."
Die Knechte aber sprangen
Empor mit wildem Schrein,
Und auf Sanct Peter drangen
Sie mit den Fäusten ein.*

*Die kleinen Englein schrieen
Und fürchteten sich sehr.
Sanct Peter musste fliehen
Im Himmel hin und her;
Mit Aechzen und mit Schnaufen
Und wie ein Krebs so roth
Kam er zu Gott gelaufen
Und klagte seine Noth.*

Gott sprach: „Es ist der Schade
Durch deine Schuld geschehn,
Doch diesmal noch soll Gnade
Weil du es bist, ergehn.
Lass treten vor die Thüren
Des Himmels einen Mann,
Der soll die Trommel rühren
So kräftig, als er kann.

Und draussen vor den Thoren
Erscholl es: tromm, tromm, tromm!
Da spitzten ihre Ohren
Die Knechte. — „Bruder komm!
Der Ton will uns behagen.
Er ist uns wohlbekannt.
Ein Lärmen wird geschlagen,
S'ist wieder Krieg im Land."

Sie rannten wie die Winde
Hinaus vor's Himmelsthor,
Und Petrus schob geschwinde
Die schweren Riegel vor.
Und kommt zum Himmelsgarten
Ein Knecht seit dieser Zeit,
So muss er draussen warten
In alle Ewigkeit.

Der Schwank behagt dem Volk nicht schlecht,
Besonders einem Reitersknecht;
Der ist als gottlos wohl bekannt
Und wird der scheele Lenz genannt,
Dieweil er nur ein Aug besitzt,
Das roth wie ein Karfunkel blitzt.
Er spricht: „Der beste Schutzpatron,
Das ist der Hölle schwarzer Sohn.
Er macht den, dem er dienen muss,
Gefroren gegen Stich und Schuss,
Den Feinden aber unsichtbar.
Ich kannte Einen. Manches Jahr
Sind wir in einem Zelt gelegen.
Der stand, von Kugelsaat umwettert,
Gefeit durch seinen Zaubersegen,
Und lebte wohl noch heutzutag,
Hätt' ihm nicht Helm und Haupt zerschmettert
Ein guter Schweizer-Kolbenschlag."

„Ei", spricht der Veit, „ist dir gelegen
An einem kräft'gen Zaubersegen?
Der Spruch, der nimmer lässt im Stich —
Lenz, kannst du schreiben, schreib' ihn auf —
Der heisst: Halunke wehre dich!
Probatum est. Verlass dich drauf."

Und wiederum erschallt Gelächter.
Der lust'ge Dieter aber spricht:
„Die Zeiten werden immer schlechter,
Und selbst der Satan mag uns nicht.
Hört noch ein zweites Märlein an;
Es heisst: Der Teufel und der Hahn."

Es sprach der grosse Lucifer
Zu einem Unterteufel:
„Geh, bring' mir einen Landsknecht her,
Bring' gleich ein ganzes Häufel.
Sie fasten nicht, sie beten nicht
Und prunken wie die Pfauen,
Drum möcht' ich gern von Angesicht
Zu Angesicht sie schauen.

Der Teufel in ein Wirthshaus ging,
Zu fahnden nach den Knechten.
Da sassen ihrer vier im Ring
Und knöchelten und zechten
Und redeten von Mord und Krieg,
Von Balgen, Brand und Rauben.
Dem Teufel hinterm Ofen stieg
Das Haar mitsammt der Hauben.

*Nun aber hing ein schwarzer Hahn
Am Ofen von der Stangen;
Den hatte Einer abgethan
Und dorten aufgehangen.
Sie wollten ihn mit Brot und Wein
Als Abendkost verspeisen
Und riefen drum den Wirth herein,
Den Braten ihm zu weisen.*

*„Herr Wirth! nun langt den Schwarzen für
Dort aus der Ofenecke
Und rupft den Schelmen nach Gebühr
Und bratet ihn im Specke.
Und ist der arme Teufel braun,
So bringt ihn in der Pfanne,
Dass wir ihn theilen und zerhaun,
Ein Viertel jedem Manne."*

*Da packt den Teufel Schreck und Graus.
Er stiess mit Angstgepfauche
Dem Ofen eine Kachel aus
Und floh im Schwefelrauche.
Er kam nach Hause angstverzerrt
Mit schaurigem Rapporte;
Und jedem Landsknecht ist versperrt
Seitdem die Höllenpforte.*
P. d. T.

„Potz Velten!" ruft der lange Veit
Und kraut sich hinter den Ohren.
„So haben wir halt die Seligkeit
Und auch die Hölle verloren!
Und macht der Tod den letzten Strich,
So weiss ich, was ich thue;
Im Berg bei Kaiser Friederich,
Da find' ich Rast und Ruhe."
Und von des Bergs geheimer Pracht
Erzählt er dem lauschenden Ringe
Und von der grossen Geisterschlacht
Am Ende aller Dinge.

Und stiller wird's. Da kommt's heran
Lautlos auf luftigem Pferde.
Der Reiter zieht den Zügel an
Und schwingt sich nieder zur Erde.
Nur Reinhard und sonst keiner mehr
Erschaut den gespenstigen Reiter. —
Und von des Rothbarts schlafendem Heer
Erzählt der Landsknecht weiter,
Und wie der Kaiser reich begabt
So manchen armen Hirten,
Und wie sein Feuerwein gelabt,
Die sich zu ihm verirrten.
„Das Bergschloss kenn' ich und den Gau,
Die Felder, Wiesen und Bäume.

Sie heissen das Land die güldene Au;
Ich sehe sie Nachts, wenn ich träume.
Dort hab' ich auf dem Vogelherd
Gelockt die Finken und Meisen,
Dort hab' ich geschwungen mein hölzern Schwert
Und Schafe gehütet und Geisen.
Dort liegt auch das vergessene Grab
Der Frau, die mich geboren. — — —
Ich war ein frommer, froher Knab,
Bis ich zur Fahne geschworen.
Die Pfaffen sprechen vom Weltgericht,
Vom Leben über den Sternen,
Ich aber glaube das Märchen nicht,
Sonst wollt' ich beten lernen,
Ich wollte beten wie dazumal
Und falten fromm die Hände,
Auf dass ich einst im Himmelssaal
Die Mutter wieder fände.
Weiss nicht, was mir das Herz beschwert,
Was plötzlich mir geschehen. —
Herr Doctor, Ihr seid hochgelehrt;
Sprecht! giebt's ein Wiedersehen?"

Und Reinhard spricht das ernste Wort:
„Die Frage löst kein Weiser.
Doch Gott ist wohl ein stärkerer Hort
Als dein verzauberter Kaiser.

Das, was sich dir im Herzen regt,
Ist frommer Kinderglaube,
Der hell wie eine Flamme schlägt
Aus deiner Mutter Staube.
Wer weiss, wie bald im blutigen Feld
Dein Leib zerbricht in Scherben!
Gebet ist gutes Reisegeld
Im Leben wie im Sterben.
Sprich! willst du beten?"

                     „Ja, ich will.
Sprecht mir die Worte vor." — Und still
Im Kreise wird's, es schweigt der Spott,
Die Rohen beugen sich vor Gott,
Und manch erstarrtes Auge thaut.
Der Landsknecht aber betet laut:
„Dein ist das Reich, dein ist die Macht
In Ewigkeit." —

               Horch! durch die Nacht
Ein Schuss. — „Lass, Herr, mich gnädig ein
In's Himmelreich zum Mütterlein!"
Der Alte röchelt's gottergeben,
Und seiner Brust entströmt das Leben.

     Bestürzt umringen ihn die Knechte.
Da wirbeln Trommeln, Hörner schallen.

„Auf, zu den Waffen! zum Gefechte
Herbei! Der Feind ist ausgefallen!"
Karthaunenkrach und Pulverdampf
Und Feldgeschrei und Hufgestampf,
Und mitten in dem stürmenden Tross
Reitet der Tod auf fahlem Ross.

Das war ein heisses Ringen vor den Wällen
Der eingeschlossnen Stadt. Nun flattern Fahnen
Von Thurm und Dach, und hundert Glocken
singen
In's Land hinaus ein hallendes Tedeum.
Mit seinen letzten Kräften hat der Löwe
Den Lindwurm abgeschüttelt, der sich würgend
Um seine Glieder schlang. Es hat der Drache
Das Feld geräumt und knirschend hinter's
Wasser
Des breiten Stromes sich zurückgezogen.
Dort liegt er nun erschöpft, zum Knäu'l geringelt
Und brütet Rache. Seine Mähne schüttelt
Der Leu und trinkt die Balsamluft der Freiheit,
Und Freiheit kündet seine Donnerstimme.

Die Thore öffnen sich, es fällt die Brücke.
Die Nachbarstädte öffnen ihre Speicher,
Und Wagen mit der Ceres goldnen Früchten,
Den lang entbehrten, rasseln durch den Thorweg.
Laut brüllend drängen sich die Rinderherden

Heran in dichten Schaaren, und der Bauer,
Der list'ge, holt aus sicheren Verstecken
Das aufgesparte Huhn, das dürre Rauchfleisch
Und bringt's zu Markt und erntet Dank und
       Silber.
Die Mühle klappert in gewohnter Weise,
Der Bäcker schürt den Ofen, und der Fleischer
Schwingt hoch das blanke Beil. Es tanzt am
       Schankhaus
Der grüne Kranz, auf allen Herden prasselt
Das Feuer unterm Kessel, und die Kinder
Umringen jubelnd den geschwärzten Milchtopf.

Sonst sass die graue Sorge auf der Herdbank,
Ein steter Gast, sie sass im hohen Saale
Zu Rathe mit den Senatoren, schlich sich
Durch's Marktgewühl und durch die Schaar
       der Söldner.
Heut hat der Jubel sie aus jedem Winkel,
Aus jeder Hütte siegreich fortgetrieben;
Doch eine Heimstatt bleibt der Sorge immer.
In's Marmorschloss des Fürsten, an den Wachen
Vorüber eilt sie mit geschwinden Schritten
Und sitzt im Prunkgemach auf seidnem Polster.

Dort liegt in Fiebergluthen auf dem Siechbett
Der greise Herr des Landes. Eine Kugel

Hat ihn verletzt beim Ausfall. Ungefährlich
Erschien die Wunde, aber durch die Pforte
Schlich sich das Fieber in die Lebensadern
Und ringt mit der erschöpften Kraft des Greises.
An seinem Lager sitzt das jugendschöne
Gemahl des Fürsten. Von dem Fieberkranken
Lenkt sie die Blicke fragend nach den Aerzten,
Die, abseits stehend, sich mit leisem Flüstern
Berathen und die weisen Häupter schütteln.
Und ungeduldig tritt sie zu den Meistern.
„Sprecht, wird er leben?" fragt sie. „Steht
            mir Rede!"
Sie aber lassen stumm die Köpfe hängen,
Und mit den weissen Händen deckt die Augen
Das schöne Weib.

            Da spricht der Meister einer:
„Seltsame Kunde hab' ich heut vernommen
Von einem Arzt, der bei dem letzten Ausfall
Gefangen ward. Der habe ein Arcanum,
Das jede Krankheit heilt, so spricht die Menge
Und drängt sich Hilfe suchend zu dem Fremden.
Zwar ist's ein Deutscher nur, und dass die
            Deutschen
Barbaren sind und ungeleckte Bären,
Weiss jeder, doch es wächst in ihren Wäldern

Manch heilsam Kraut; auch erbt geheimes Wissen
Sich unter ihnen fort seit jenen Tagen,
Da ihre Mütter Zaubertränke kochten.
Sprecht, Herrin! Wollt Ihr, dass wir jenen Deutschen
Zu Rathe ziehn?" — Da neigt ihr Haupt die Fürstin.
„Ist Eure Wissenschaft zu End, ihr Meister",
Spricht sie mit Hohn, „so lasst den Magier kommen."

Und Reinhard kommt. Des Zimmers Dämmerschatten
Durchdringt sein Auge, forschend, ob das Lager
Der Tod bewacht. Nein, was am Bett des Wunden
Den Vorhang hebt, ist Leben, blühend Leben,
Und Reinhard senkt verwirrt die Augenlider.
Der Heiltrank wirkt. Der Kranke drückt dem Helfer
Die Hand und schlummert ein. Die Meister raunen
Und blicken scheu auf Reinhard. — „Wird er leben?"
Fragt leis die Fürstin. — „Ja." — Da zuckt's im Auge

*Der schönen Frau wie Wetterstrahl. Ist's Freude,
Ist's Hass? Versengend fährt die wilde Flamme
Dem jungen Arzt durch's Mark. Da neigt
  sich dankend
Die Fürstin, und von ihrem Finger streift sie
Ein köstliches Juwel und reicht es Reinhard.*

*Das Rad hat sich gedreht. Ein dumpfer
  Zwinger
Umschloss noch gestern den Gefangnen. Heute
Umgiebt ihn Marmorpracht; auf weiche Felle
Setzt er den Fuss und indische Gewebe,
Und wenn er winkt, so laufen die Trabanten.
Die alten, lang entbehrten Freunde grüssen
Ihn traulich in der Bücherei, und Höfe,
Geschmückt mit Säulen und lebend'gen Brunnen,
Und Gärten, schattenreich und blüthenduftig,
Sind des gefangnen Arztes luft'ger Kerker.*

*Der Fürst genest, die Kräfte kehren wieder.
Auf seinen Retter häuft er Gold und Gnade,
Und gnädig ruht der Herrin dunkles Auge
Auf Reinhard. Durch die Säle des Palastes,
Wo Marmorbilder stehn aus grauer Vorzeit
Und Prachtgeräth, geleitet sie den Gastfreund
Als Führerin, sie sitzt an seiner Seite,*

Wenn sie im Büchersaal die Pergamente
Entrollen, und sie folgt ihm durch der Gärten
Verschlungnes Labyrinth, und wissensdurstig
Lauscht sie den Worten des gelehrten Arztes.

Der aber trinkt mit vollen, tiefen Zügen
Die Luft der wundersamen Märcheninsel,
An deren Ufer ihn der Sturm verschlagen.
Es schallt aus ihrer Grotten blauer Dämmrung
Bestrickender Gesang und hüllt die Seele
In sanften Schlummer ein; in ihren Hainen
Wächst des Vergessens süsse Frucht, und selig
Versinkt der Fremde in des Zaubers Fluthen.

Die Zeit verrinnt. Die Glocken läuten Frieden,
Das Land ist frei, der Feind ist abgezogen,
Und den Gefangnen öffnen sich die Thore.
Auch Reinhard rüstet sich. Doch Dank und Liebe
Macht einem werthen Gastfreund schwer das Scheiden,
Und manches holde Hinderniss verzögert
Die Reise, und verschoben wird die Heimfahrt.

Da rufen eines Tags bestürzte Zofen
Den Arzt an's Bett der Herrin. „Eine Schlange

Hat sie gestochen!" zetern sie, und eilig
Begiebt sich Reinhard in's Gemach der Fürstin.
Da liegt sie bleich, mit aufgelöstem Haupthaar,
Und wendet angstvoll ihre grossen Augen
Der Thüre zu, durch welche Reinhard schreitet.
„Helft!" stöhnt sie leise, „helft mir! ich muss
sterben."

Was aber treibt der Arzt? Hat ihn der Wahnsinn
Umnachtet? Seine Arme streckt er flehend
Empor, verzweifelt starrt sein Blick in's Leere,
Er winkt und winkt und ringt die Hände stöhnend.
Vergebnes Müh'n. — Der unsichtbar am Lager
Der Fürstin steht, bleibt starr und unerbittlich.

„Es soll nicht sein, du sollst sie mir nicht
rauben!"
Knirscht Reinhard leise. Einmal will ich's wagen,
Dir Trotz zu bieten, einmal nur." Und hastig,
Ihm bebt die Hand, netzt er der Kranken Lippen
Mit seinem Lebensbalsam. Dankbar lächelnd
Schliesst die Gerettete zum Schlaf die Augen,
Und furchtbar dräuend auf den Kühnen blickend,
Verlässt der Tod das ihm entrissne Opfer.

Er schreitet mit gehobnem Zeigefinger
Der Thüre zu und winkt: auf Wiedersehen.
Dem Jüngling aber rieselt kalter Schauer
Durch Mark und Bein, und fröstelnd sinkt
                er nieder.

Kennt ihr noch das stille Dach
Droben an des Berges Hang
Und im Thal den Mühlenbach,
Der, von Weiden silbergrau
Ueberschattet, durch die Au
Rastlos wallt im Schlangengang?
Kennt ihr noch das stille Kind,
Dessen Haar im kühlen Wind
Golden fliegt um Wang' und Stirne? —
Emsig lässt die schlanke Dirne
Ueber ausgespanntes Linnen
Das geschöpfte Wasser rinnen,
Und im Wandeln singt sie leise,
Aber traurig klingt die Weise:

Breit' ich mein Linnen auf Rasen und Rain.
    Bleiche, Frau Sonne, bleiche!
Was ich gesponnen bei Lampenschein,
Bade mit deinen Strahlen rein,
    Weiss wie die Lilie im Teiche.
    Bleiche, Frau Sonne, bleiche!

Thränen benetzten die Leinewand.
Scheine, Frau Sonne, scheine.
Sonne, du ziehst über Meer und Land,
Dir sind alle Wege bekannt;
Sprich! wo wandert der Eine?
Weine, mein Auge, weine!

Auf das Linnen im Sonnenlicht
Fällt ein Schatten, und Einer spricht:
„Grüss' dich der Himmel, du schöne Magd.
Weiss, nach wem du die Sonne gefragt."
Und ein Mann mit hölzernem Fuss
Bietet der Jungfrau die Hand zum Gruss.
„Gelt, Gertrude, du kennst mich nicht mehr?"
Spricht der Fremde und seufzet schwer.
„Bin der Dieter mit einem Bein,
Komm' aus dem Krieg und komm' allein."

„Weh' mir!" stöhnt das treue Kind,
Aber der Dieter spricht geschwind:
„Tröste dich! Todt ist er nicht;
Reinhard lebt, er ist gefangen,
Und ich gebe dir Bericht,
Wie das alles zugegangen.
Komm und setz' dich zu mir her,
Denn das Stehen wird mir schwer."

Und nun hebt er an zu sagen,
Was seit Jahren sich zugetragen:
Wie der Freund beim grossen Sterben
Ruhm und Gut als Arzt gewonnen,
Wie sie klüglich dem Verderben
Nach Italien entronnen,
Wie sie mondenlang im Feld
Seien gelegen in einem Zelt,
Und wie Reinhard Tag und Nacht
An sein Herzgespiel gedacht.
Auch erzählt er härchenklein,
Wie er verloren das linke Bein,
Wie er, unter den Todten gebettet,
Habe gelegen auf blutigem Grunde,
Wie ihn barmherzige Mönche gerettet
Und im Kloster gepflegt die Wunde.
„Bei den Mönchen", fährt er fort,
„Lag ich siechend der Monden drei,
Und von Reinhard kein Sterbenswort.
Endlich kam die tröstliche Märe,
Dass er bei der letzten Affäre
Von den Feinden gefangen sei.
Und gefangen ist er noch heute
Trotz der Glocken Friedensgeläute.
So ein Doctor hochgelehrt
Ist ob seiner Wissenschaft
Mehr als hundert Reiter werth.

*Ohne schweres Lösegeld
Bleibt er wohl solang in Haft,
Als es Gottes Rath gefällt.
Gertrud, ringe nicht die Hände!
Alle Trauer nimmt ein Ende,
Und es dreht sich früh und spat
Der Fortuna Schicksalsrad.*

*Sieh, mir hat nach langer Nacht
Endlich ein freundlicher Stern gelacht.
Als ich gestern mit Stab und Krücke
Humpelte über die Mühlenbrücke,
Stand vor der Schenke zum letzten Heller
Eine, die mir bekannt seit Jahren.
Eilig wollt' ich von hinnen fahren,
Und mein Herz schlug lauter und schneller.
Aber die Käthe erkannte mich gleich,
Ward vor Schrecken bald roth, bald bleich:
Unter Schluchzen gestand sie mir frei,
Dass sie ein Jahr lang schon Wittib sei,
Und die Liebe, die verstohlen
Fort geglommen unter den Kohlen,
Schlug in neuen heissen Flammen
Ueber den Köpfen uns zusammen.
Kurz und gut, eh' der Abend kam,
Waren wir Braut und Bräutigam.*
   P. d. T.

*Freilich ist mein hölzerner Fuss
Eine schlimme Morgengabe,
Aber was ich zu wenig habe,
Hat die Käthe im Ueberfluss.
Denn ihr Hänsel, ihr Peter dazu
Und die Susel, die herzige Kleine,
Haben zusammen sechs grade Beine,
Darum drückt sie ein Auge zu,
Und in vier Wochen, vielleicht noch schneller,
Werd' ich der Schenkwirth im letzten Heller.
Meiner Jugend schönster Traum
Wird erfüllt, zwar etwas späte,
Und mein Weiblein wird Frau Käthe. —
Aber ich merke, du hörst mich kaum,
Und mein frohes Angesicht
Passt zu deiner Trübsal nicht.
Möchte dir gern als Freund und Christ
Tröstung spenden in deinem Gram,
Aber der grösste Egoist
Ist ein glücklicher Bräutigam. —
Wein' dich aus; das thut dir gut,
Und dann schöpfe neuen Muth.
Merke: auf Regen folgt Sonnenschein;
Phoebus post nubila heisst's auf Latein.
Nun ade! Ich verlasse dich,
Denn die Käthe wartet auf mich."*

Dieter spricht's und geht von hinnen.
Auf der Bleiche sitzt die Arme,
Sitzt allein in stillem Harme,
Und die heissen Thränen rinnen
Leuchtend nieder auf das Linnen.
In der Aue wird es kühle,
Und das Sonnenlicht will scheiden.
Lauter rauscht das Wehr der Mühle,
Silbern glänzt der Abendthau
Auf den Erlen und den Weiden;
Dämmerschatten duftigblau
Deckt der Berge Tannenforst;
Stille wird's in Busch und Hag,
Und mit schwerem Flügelschlag
Eilt der Rabe nach dem Horst.
Müde Herdenglocken schallen,
Müde Menschen heimwärts wallen;
Zwischen Hecken, zwischen Zäunen
Schwanken Karren, hochbeladen
Mit der Wiese duft'gen Schwaden,
Nach den Dörfern und den Scheunen.
An des Himmels dunklem Bogen
Sind mit ihrem Silberschimmer
Längst die Sternlein aufgezogen,
Und Gertrude weint noch immer.

Horch! da klingen Liedertöne
Durch die Abenddämmrung leise,
Und ein Knecht und seine Schöne
Schreiten singend, Hand in Hand,
Heimwärts durch das Wiesenland,
Und Gertrude lauscht der Weise.

Frau Schwalbe gieb mir Kunde!
Wo mag mein Liebster sein? —
Er liegt im Thurm gefangen
Bei Ottern und bei Schlangen
Und leidet grosse Pein.

Wie mag ich zu ihm kommen?
Frau Schwalbe, gieb Bescheid! —
Du kannst nicht zu ihm wandern;
Es trennen Eins vom Andern
Drei Wasser, wild und breit.

Drei wilde, breite Wasser,
Die brechen mir nicht den Muth.
Einen Engel wird Gott mir senden,
Der trägt mich auf den Händen
Wohl über die wilde Fluth.

Lass alles Hoffen fahren!
Der Weg ist lang und weit,
Ein Jahr und sieben Wochen.
Dann ist sein Herz gebrochen
Vor übergrossem Leid.

Und ist mein Schatz gestorben,
So find' ich doch sein Grab.
Dort will ich beten und singen;
Das Herz wird mir zerspringen,
Weil ich so lieb ihn hab'.

Also sangen sie; im Wind
Leise Wort und Ton verklangen,
Und das kummerbleiche Kind
Trocknet schnell die nassen Wangen.
Rasch, mit neuer Lebenskraft
Hat sie das Linnen zusammengerafft,
Schürzt ihr Kleid und bindet den Schuh,
Schwingt mit starkem Arm die Last
Auf das Haupt und strebt in Hast
Ihrer Hütte am Berghang zu.

Nacht ist's. Wiese, Fluss und Weiher
Deckt des Nebels grauer Schleier,

Aus der Wälder dunklem Meer
Opferdüfte aufwärts steigen,
Leuchtend zieht der Sterne Heer
Droben seinen ew'gen Reigen,
Und in ihrem Silberschein
Blinkt im Friedhof Kreuz und Stein.

Aus dem strohbedeckten Haus
Dämmert noch ein schwaches Licht
Röthlich in die Nacht hinaus.
Längst im Schlafe ruht die greise
Magd, doch Eine schlummert nicht.
Jetzt erlischt die Leuchte. Leise
Geht die Thür und wird geschlossen,
Und vom Sternenlicht umflossen,
Wanderstab und Bündel tragend,
Steht Gertrude in der Pforte.
Auf zum Himmel blickt sie fragend,
Und sie spricht die leisen Worte:

„Guter Engel Augen blicken
Tröstend auf der Menschen Qual.
Wolle, Herr, mir einen schicken
Aus der namenlosen Zahl,
Einen Engel, der mich leite
In die ungewisse Weite.

*Müsst' ich wandern tausend Stunden
Rastlos, bis ich ihn gefunden,
Nimmer soll mein Fuss ermüden.
Herr, erhöre meine Bitte:
Amen."* —

*Und die schnellen Schritte
Lenkt das treue Kind gen Süden.*

*Dunkle Pinien wiegen ihre Schirme,
Brunnen rauschen im Cypressenschatten,
Blumen aus dem Wunderland des Indus
Hauchen süssen Duft, die Rebe klettert
An der Ulme, und die Epheuranke
Schlingt sich fest um die gestürzte Säule.
Aus den Lorbeerhecken blickt verstohlen
Hier die Nymphe, dort der bärt'ge Waldgott,
An der Quelle ruht die Sphinx, Tritonen
Blasen in das Muschelhorn, und Eros
Steht im Hinterhalt mit Pfeil und Bogen.*

*Durch des Gartens schattenkühlen Baumgang
Wandelt Reinhard mit gesenkter Stirne.
Längst genesen von dem Stich der Natter
Ist die Fürstin. Wochen schwanden, Monden,
Und der Heimkehr hat der Arzt vergessen.
Nein, vergessen nicht. An jedem Abend
Spricht er: „Morgen will ich ziehen, morgen."
Und der Morgen kommt; zwei Sonnen bringt er,*

Und der einen Sonne muss er folgen
Wie ein Wandelstern von früh bis Abend,
Bis die andre Sonne geht zur Rüste. —

Fern im Norden haust im Berg Frau Venus,
Und gefangen hält sie einen Ritter.
Manchmal, wenn die Kirchenglocken läuten,
Oder wenn das Jägerhorn im Bergwald
Fröhlich hallt, erhebt er sich vom Lager,
Horchend auf die wohlbekannten Klänge.
Aber eilig schlingt um ihn die Göttin
Ihren weissen Arm und küsst dem Trauten
Schmeichelnd die Erinnrung aus der Seele. —

In der Ferne rauscht Musik; es furcht sich
Reinhard's Stirn. Ach, zu der Liebe Qualen
Hat gesellt sich eine neue Marter.
Heimgekehrt von langer, weiter Meerfahrt
Ist des Fürsten Neffe, und der Oheim
Feiert Fest auf Fest in seinen Schlössern. —
Blind, so heisst es, macht den Mann die Liebe,
Aber Eifersucht giebt Falkenaugen,
Und mit Falkenaugen sieht der Arme,
Wie die Herrin und des Fürsten Neffe
Blicke wechseln, wie der Beiden Hände

Sich verstohlen streifen, und er hört auch,
Was die Schranzen flüstern und die Zofen. —
„Morgen will ich scheiden, morgen, morgen",
Spricht der Arzt und seufzt. — Da rauscht
                    im Sande
Eine Schleppe, und die schöne Fürstin
Kommt allein gewandelt durch den Laubgang.

„Find' ich hier den Freund?" fragt sie mit
                            süsser
Stimme. „Aus dem lauten Schwarm der Gäste
Hab' ich mich gestohlen, Euch zu suchen,
Denn ich weiss, Ihr hasst der Freude Rauschen."
Und sie reicht dem Arzt die Hand. Da
                            schwindet
Alle Trauer und der böse Argwohn
Aus der Seele Reinhards. Langsam weiter
Schreitet sie, ein sel'ger Mann zur Seite.
„Glaubt mir", spricht die Schöne, „laute Freude,
Fremder Gäste buntes Durcheinander
Ist auch mir zur Qual. O schöne Tage!
Da wir still der Freundschaft Glück genossen
Und zusammen aus dem Quell der Schönheit
Labung schöpften. — Ach, der goldne Stirnreif
Drückt mich schwer!" Und seufzend blickt sie
                            nieder.

„Als wir jüngst", so fährt sie fort, „zum Waidwerk
In die Berge ritten und den Steinbock
Jagten, fand ich friedlich stille Hütten,
Und zufriedne Menschen luden gastlich
Uns an ihren Herd. O dürft' ich tauschen
Mit der braunen Hirtin im Gebirge!
Fröhlich wollt' ich all mein Prachtgeschmeide
Von der höchsten Felsenklippe schleudern
Und mein leuchtend Diadem mit Freuden
Geben für ein thauig Rosenkränzlein,
Das die Liebe mir in's Haar geflochten."
Spricht's und neigt ihr Haupt zu Reinhards Schulter,
Dass die Locken seine Wangen streifen,
Und den Mann durchrieselt süsser Schauer.

Weiter schreiten sie. Da hemmt die Fürstin
Ihren Fuss vor einer alten Ulme,
Die ein blühend Schlinggewächs umsponnen.
„Reinhard", spricht sie leise, „seht, der Ulmbaum
Krankt, der Stamm ist hohl, und abgestorben
Ist die Krone. Seht, drum langt das frische
Lebensfrohe Grün mit seinen Ranken
Nach der jungen Pinie; und umstricken

Wird es sie — — so wie ich dich umfange.
Reinhard, Reinhard!" ruft sie aus, „ich flüchte
Mich zu dir!" und schlingt um ihn die Arme.
Glühend finden sich die Lippen, stammelnd
Sagen sie sich süsse Schmeichelworte,
Und dann schweigen sie und halten lange
Sich umschlungen. — Lächelnd sieht's der kleine
Marmorgott mit Pfeil und Bogen, höhnisch
Grinsen aus den Hecken Faun und Satyr.

Schritte werden laut. Die schöne Herrin
Eilt von dannen, aber traumversunken
Steht der Arzt am Fuss der Ulme. Grüssend
Naht der alte Gärtner sich der Stelle,
Und auf Schlinggewächs und Ulme weisend,
Spricht er: „Saht Ihr schon dergleichen, Meister?
Schaut nur her! Erst hat das Kraut die
  Ranken
Mörd'risch um den alten Baum geschlungen
Und den Lebenssaft ihm ausgesogen,
Und nun greift es nach der jungen Pinie,
Und auch diese wird es später würgen.
Schöne Blüthen trägt der Strauch, doch giftig
Ist die Frucht." So spricht er und geht weiter.

Längst im Schattendunkel liegt der Garten,
Aber aus den Fenstern des Palastes
Schallen Saitentöne, Kerzen schimmern
In die Nacht hinaus und giessen rothen
Lichtschein auf die weissen Götterbilder.
Im Gemach des Arztes brennt die Lampe,
Und er selber wandelt auf und nieder
Schlaflos, denn ein seltner Gast geworden
Ist der Schlaf bei ihm. Jüngst war's die Sorge,
Die ihn scheuchte, heute ist's die Freude
Und die Hoffnung künft'ger Seligkeiten.
„Komm zur Ruh', mein Herz, du ungestümes
Fliesse stiller, heisses Blut! und senke,
Süsser Schlaf, dich auf den Freudekranken!"
Reinhard spricht's; es klopfen ihm die Schläfe.
Lichtgestalten aus des Märchens Heimat
Schweben um sein Haupt und wiegen neckend
Sich im Tanz vor seinen heissen Augen.
„Frieden in die Seele mir zu giessen",
Spricht er, „giebt's ein Mittel. Starke Geister
Wohnen in den Büchern, und beschwören
Sollen sie die freudetollen Sinne."
Nach der Bücherei des Fürsten schreitet
Reinhard leise; einen Folianten
Wählt er aus und liest beim Licht der Ampel,
Und gezwungen, tausendjähr'ger Weisheit

Pfade zu verfolgen, wird er ruhig,
Und in stillern Wellen fliesst sein Herzblut.

Horch! da knarrt im Nebensaal die Thüre,
Schritte werden laut und Menschenstimmen
Und das Rauschen einer Seidenschleppe.
Jäh zusammen zuckt der Arzt. Die Stimmen
Sind ihm wohl bekannt. Vor wenig Stunden
Klang die eine ihm, und freudebebend
Sog er ihren Laut; des jungen Fürsten
Stimme ist die andere. — Seine Linke
Presst der Arzt auf's Herz und hemmt den Athem,
Und mit vorgeneigtem Haupte lauscht er.

"Schlaf umhüllt den Alten", spricht die Fürstin,
"Tiefer Schlaf. Die schwache Kraft des Greises
Unterlag dem Feuergeist der Traube,
Und die Nacht ist unser und der Liebe,
Bis die Hähne krähen und die Larven
In die Gräber huschen. — Horch! ein Seufzer!
Hast du nichts vernommen?" — "Ach! der Seufzer
Kam aus meiner Brust", versetzt der Buhle.

„*Wann, Geliebte, wird der Stern des Morgens
Feindlich nicht mehr unsre Freude stören?*" —
„*Sei getrost, mein Trauter! Allzu ferne
Ist die Sonne nicht, die heiss ersehnte,
Die als Morgengabe mir den schwarzen
Wittwenschleier, dir den Hermelin bringt.*" —
„*Hast du*", fragt des Fürsten Stimme leiser,
„*Hast du ihn versucht, den fremden Meister,
Der die Kräuter kennt und ihre Kräfte?*" —
„*Wohl*", versetzt das Weib, „*um seine Füsse
Hab' ich meine Maschen schlau gesponnen,
Und in Kurzem schlägt das Garn zusammen.*" —
„*Und der Preis?*" — Da kichert leis die Schöne.
„*Nicht um Gold zu kaufen ist des Deutschen
Hundetreue*", spricht sie. „*Aus der Ferne
Zeig' ich ihm als Preis, was du, mein Trauter,
Längst besitzt. Und hab' ich erst die Tropfen,
Die den Greis in ew'gen Schlaf versenken,
Dann, Geliebter, ist es deine Sache,
Dass der Arzt verstummt.*" —

Auf leisen Sohlen
Geht der Lauscher todtenbleich von hinnen,
Bis er sein Gemach erreicht. Dort schwindet
Ihm die Kraft; mit einem lauten Wehruf
Taumelt der Verrathne, und bewusstlos
Stürzt er mit dem Antlitz auf den Estrich.

*Lange hält die Ohnmacht ihn umfangen.
Da umweht ihn kalte Luft. Mit Staunen
Sieht er sich entrückt in eine Höhle,
Die sich endlos dehnt. Viel tausend Lampen
Brennen in der Halle, freudig leuchtend
Hier, verglimmend dort, und unaufhörlich
Flammen Lichter auf, und schwinden Lichter.
Und zu Reinhard tritt der Tod. Er deutet
Auf ein Lampenlicht und spricht die Worte:
„Längst erloschen wäre schon die Leuchte,
Denn die Leuchte ist das Leben Einer,
Die mir war verfallen, die dein Fürwitz
Meinem Arm entzog. Nun muss ich fristen
Diese Flamme wider meinen Willen
Mit dem Lebensöl der andern Leuchten."
Spricht's und giesst aus einer zweiten Lampe
In die erste Oel. Da lodert freudig
Auf die erste, und die zweite Flamme
Sinkt zusammen. — „Dass es meine wäre!"
Stöhnt der Arzt. „Sprich, Pathe! ist's die
meine?"*

*Keine Antwort giebt der Tod. — Zerronnen
Ist das Traumgesicht, und fröstelnd findet
Reinhard sich am Fusse seines Lagers
Auf dem Boden. Kalt durch's offene Fenster*

Streicht die Morgenluft. Das Fieber schüttelt
Heftig seinen Leib und schürt des Hirnes
Feuergluth. Da greift er unwillkürlich
Nach dem Lebenstrank und schlürft die Tropfen.

Und der Trank bewährt die alte Heilkraft.
Ruhig fliesst das Blut, die Schmerzen weichen,
Und der Nebel, den der Liebeszauber
Um die Seele ihm gewoben, schwindet
Wie ein böser Traum. — Aus goldner Ferne
Schwebt ein holdes Bild heran. —

„Gertrude!"
Ruft der Arzt und breitet seine Arme
Sehnend aus. „Gertrude, lichter Engel!
Aus der Hölle mich zu retten, steigst du
Freundlich zu mir nieder!" Und ein heisser
Bach von Thränen löst die Qual der Seele.

Halb vergessne Bilder tauchen wieder
Vor ihm auf: der Fluss im Thal und drüben
Hoch am Berg das Haus mit seinem Strohdach,
Mit den Schwalbennestern, mit den Blumen
Vor den Fenstern und dem Staarenkästlein,
P. d. T.

Hart daneben die zerfallne Kirche
Und der Friedhof mit den theuren Gräbern.

„Heimwärts, heimwärts!" Schnell zusammen
rafft er,
Was die Nothdurft heischt zur weiten Reise
Und verlässt das Schloss im Morgengrauen.

Ein wildes Alpenwasser hör' ich schäumen,
Und unter mir im Abgrund seh' ich's blinken,
Es rauscht um mich von immergrünen Bäumen,
Und in der Ferne ragen weisse Zinken.
Ein schmaler Saumpfad zieht den Bach entlang
Bald in der Schlucht, bald hoch am Felsenhang;
Ein sichres Maulthier rüstig aufwärts schreitet,
Und Reinhard ist der Reiter, der es leitet.

Der Oelbaum mit den silbergrauen Blättern,
Die Pinie bleibt zurück, die kerzenschlanke,
Und an den Wänden statt der Reben klettern
Das Geisblatt und die rauhe Brombeerranke.
Vom Felsen blaue Glockenblumen nicken,
Die rothe Nelke schmückt des Pfades Saum,
Und jetzt erscheint vor Reinhards frohen Blicken
Im dunklen Kleid der erste Tannenbaum.

Da schwingt er jugendrasch sich aus dem Bügel,
Die Arme schlingt er um den harz'gen Stamm
Und jauchzt vor Freude. Auf des Windes Flügel
Schwebt seine Stimme zu der Berge Kamm,

Und eine Schlaglawine prasselt nieder
Und giebt den Gruss mit Donnerhall ihm wieder.

Die Tannen mehren sich. Moosbärt'ge Greise
Beschirmen mit den Aesten junge Stämme.
Goldhähnchen sträuben zirpend ihre Kämme,
Zutraulich fliegt heran die blaue Meise,
Des ems'gen Spechtes Klopfen schallt von ferne,
Der rothe Vogel mit gekreuztem Schnabel
Löst schlau der braunen Tannenzapfen Kerne
Und knackt die süsse Frucht mit Wohlgefallen,
Und in der höchsten Tanne höchster Gabel
Wiegt sich der Fink und lässt die Stimme schallen.

Sein Thier am Zügel führend, durch den Tann
Mit leichten Schritten auf bemoostem Grund
Zieht Reinhard seines Wegs, ein froher Mann.
Der Bäume Harzduft trinkt sein durst'ger Mund,
Sein Ohr der Heimat alte Waldeslieder;
Es dehnt sich seine Brust, er reckt die Glieder
Und grüsst als liebe Landsleut' in der Fremde
Die Vögelein im bunten Federhemde.

Die Tannen lichten sich. Aus ihrem Schatten
Zieht sich der Saumweg über grüne Matten,

*Wo Hütten stehen, braune Rinder grasen
Und Silberbrunnen rieseln durch den Rasen.
Vorbei an Trümmerhalden führt der Pfad
Und zieht sich aufwärts an des Abgrunds Rand.
Der Giessbach stürzt sich rauschend von der
  Wand,
Bergkrähen schwärmen um den Felsengrat,
Und um der Steine graues Moosgeflecht
Schwebt wie ein Schmetterling der Mauerspecht.*

*Der Weg wird rauher, und der Blick wird freier,
Kalt weht der Wind von Firn und Gletschereis,
Hoch in den Lüften schreit der Lämmergeier,
Und beutegierig zieht er Kreis um Kreis,
Bis er verschwindet und verstummt. Kein Laut
Schlägt mehr an Reinhards Ohr. Soweit er schaut,
Liegt wie ein weisses Leichentuch gebreitet
Der frisch gefallne Schnee. Das Saumthier
  schreitet,
Vorsichtig mit den Hufen tastend, weiter,
Und nach dem Pfade späht besorgt der Reiter.*

*Sieh da! Ein Wandrer zieht auf gleicher Bahn,
Doch weit voraus. Laut ruft der Arzt ihn an,
Sein Rufen aber ungehört verhallt,
Und rastlos wandert weiter die Gestalt.*

*Er spornt das Thier, den Pilger zu erreichen,
Doch die Entfernung wächst mit den Secunden,
Und wie ein Schatten ist der Mann verschwunden,
Und keine Fussspur giebt von ihm ein Zeichen.*

*Scharf pfeift der Wind. Des Tages goldne
 Flamme
Steht scheidend über dem beschneiten Kamme.
Da klingt ein Glöcklein nah, und düstergrau
Steigt aus dem Schnee des Klosters Mauerbau.
Das Maulthier klimmt mit letzter Kraft empor,
Und wegemüde klopft der Arzt an's Thor.*

*Der Pförtner kommt. — „Gelobt sei Jesus
 Christ!"* —
„In Ewigkeit." — *Er führt den Gast hinein
Zum warmen Herd und kehrt nach kurzer Frist
Mit Brot zurück und einem Krug voll Wein.
„Nun esst und trinkt und gebt mir dann Bescheid,
Wer und aus welchem Vaterland Ihr seid."*

„Ich bin ein deutscher Arzt." — *„Das trifft
 sich gut,"*,
*Versetzt der Mönch. „Von unsren wackren
 Hunden
Ward heute Morgen unterm Schnee gefunden
Ein halb erstarrtes Weib, ein junges Blut.*

Nun liegt die Arme in des Fiebers Bann;
Vielleicht, dass Eure Kunst ihr helfen kann." —
"Führt mich zu ihr!" — *"So kommt! Hier*
ist die Zelle."
Und Reinhard überschreitet rasch die Schwelle
Und sieht, verklärt vom letzten Abendroth,
Ein sterbend Weib und neben ihm den Tod.

Er tritt hinzu. Die müden Lider hebend,
Starrt sie ihn an. Da fliesst um Wang' und Stirn
Ein sanftes Licht, wie wenn des Berges Firn
Die Sonne küsst. — *"Mein Reinhard!" ruft*
sie bebend,
Und sehnend öffnet sie die Arme weit;
"O Freude, Friede, Glück und Seligkeit!"

"Gertrude!" stöhnt der Arzt, "halt ein,
halt ein!
Ich rette dich!" — *Zu spät.* — *"Das Weib*
ist mein,"
Spricht kalt der Tod. "Ein Opfer nahmst du mir;
Die Zahl zu füllen, nahm ich diese hier."

Da fasst Verzweifelung den Arzt; er schreit:
"Fluch mir und Fluch der Stunde, da dem Grabe
Du mich entzogst! Fluch deiner Pathengabe!
Und Fluch dir selbst in alle Ewigkeit!

Er ruft's, und seine Blicke Wahnsinn flammen.
Da haucht der Tod ihn an. Durch Herz und
Glieder
Fährt ihm der eis'ge Pfeil, er zuckt zusammen
Und sinkt gelähmt am Sterbelager nieder

Und also spricht der Tod: „Nicht in's Gericht
Will ich dich rufen; deine Schuld ist mein.
Wenn Leben mit dem Tod ein Bündniss flicht,
So geht's zu Grund. Zu spät nun seh' ich's ein.
Du warst mir lieb, das war zu deinem Leid,
Denn lieben darf der Feind des Lebens nicht,
Und einsam wall' ich wieder durch die Zeit.
Doch lösen will ich uns'ren Bund zuvor,
Und sühnen will ich deine Schuld, nicht rächen;
Den Kerker deiner Seele will ich brechen,
Auf dass sie frei durch jenes dunkle Thor
Hinüber rausche in die Ewigkeit,
Die mir verschlossen bleibt für alle Zeit.
Dein Leib ist mein. Zur Ruhe, kreisend Blut!
Stirb, Sohn! — In meinem Garten ruht sich's
gut."

Druck von W. Drugulin in Leipzig.

Von RUDOLF BAUMBACH erschien ferner im Verlag von A. G. LIEBESKIND in Leipzig:

Spielmannslieder. 12. Tausend. M. 2.—.
Zlatorog, eine Alpensage. 27. Taus. M. 2.—.
Von der Landstrasse. 10. Tausend. M. 2.—.
Sommermärchen. Billige Ausg. 16. Tausend. M. 3.—.
Abenteuer und Schwänke. Alten Meistern nacherzählt. 8. Tausend. M. 2.80.
Krug und Tintenfass. 8. Tausend. M. 2.—.
Lieder eines fahrenden Gesellen. 22. Taus. M. 3.20.
Frau Holde. 19. Tausend. M. 2.—.
Erzählungen und Märchen. 7. Taus. M. 2.80.
Mein Frühjahr. 9. Tausend. M. 2.—.
Horand und Hilde. 6. Tausend. M. 2.50.
Kaiser Max u. seine Jäger. 9. Taus. M. 2.50.
Es war einmal. 8. Tausend. M. 2.80.
Sommermärchen. Illustrirte Ausgabe. Zeichnungen von Paul Mohn. reich geb. M. 20.—.
Abenteuer und Schwänke. Alten Meistern nacherzählt. Illustr. Ausgabe. Zeichnungen von Paul Mohn. reich geb. M. 20.—.

Urtheile der Presse über die hier angezeigten Schriften werden auf Verlangen bereitwilligst franco und gratis zugesandt. Die Verlagshandlung bittet alle Freunde deutscher Poesie, durch Beachtung und Entnahme dieser sorgfältig ausgewählten Schriften sie in ihrem Bestreben: deutschen Dichtern und deren Werken Anerkennung und Beachtung zu erringen, unterstützen zu wollen.

Sämmtliche Schriften sind elegant in Leinewand oder Kalbleder gebunden vorräthig.

NEUE DEUTSCHE DICHTER
im Verlag von A. G. LIEBESKIND in Leipzig.

Ausgewählte Dichtungen
von HERM. v. GILM.
Herausgegeben von ARN. V. D. PASSER. M. 3.20

Arabesken und Grotesken.
Einfälle in Vers und Prosa
von D. HAEK.
32. In Pergament geb. M. 1.50

Lieder vom goldenen Horn
von KARL FOY.
brosch. M. 3. Lnwd. geb. M. 4.

Anatolische Volkslieder
von LEOPOLD GRÜNFELD.
brosch. M. 2.—. geb. M. 2.75

Werner von Kuonefalk
von M. MARTERSTEIG.
M. 3.—

Gedichte
von JOHANNES TROJAN.
M. 2.40

Liederhort
aus „Jungfriedel der Spielmann"
von A. BECKER.
M. 3.—

Indische Legenden.
Poesien
von MICH. HABERLANDT.
M. 1.—

Gedichte eines Optimisten
von JUL. LOHMEYER.
M. 3.—

❧ DIALECT. ❧

Tiroler Schnadahüpfeln.
Gesammelt und herausgegeben
von
R. H. GREINZ u. J. A. KAPFERER.
32. In Pergament geb. M. 1.50.

Tiroler Volkslieder.
Gesammelt und herausgegeben
von
R. H. GREINZ u. J. A. KAPFERER.
32. In Pergament geb. M. 1.50.

Grabschriften und Marterlen Tirols.
Gesammelt und herausgegeben
von
LUDWIG v. HÖRMANN.
32. In Pergament geb. M. 1.50.

Nix für unguet.
Schnaderhüpfeln
von HANS GRASBERGER.
M. 2.—

Plodersam.
Geistli'n-G'schicht'n, g'sangsweis dazält
von
HANS GRASBERGER.
M. 2.—

Novellen.

Gesammelte Schriften von Heinr. Seidel.

à Band M. 3.— brosch., M. 4.— geb. mit Goldschn.

- Bd. I. Leberecht Hühnchen, Jorinde und andere Geschichten. 3. Tausend.
- Bd. II. Vorstadtgeschichten. 4. Tausend.
- Bd. III. Neues von Leberecht Hühnchen und anderen Sonderlingen. 3. Taus.
- Bd. IV. Geschichten und Skizzen aus der Heimat. Der II. Aufl. 2. Tausend.
- Bd. V. Die goldene Zeit. 3. Tausend.
- Bd. VI. Skizzenbuch. 2. Tausend.
- Bd. VII. Glockenspiel. (Gedichte.) M. 3.60.

Maximilian Schmidt Gesammelte Werke.

à Band M. 3.— brosch., M. 3.50 gebunden.

- Bd. I. Hochlandsbilder.
- Bd. II. Blinde von Kunterweg — der vergang'ne Auditor.
- Bd. III. Die wilde Braut — Der Tranklsimmet.
- Bd. IV. Der Zuggeist.
- Bd. V. Der Herrgottsmantel.
- Bd. VI. Der Musikant vom Tegernsee.
- Bd. VII. 's Liserl.
- Bd. VIII. Die Jachenauer in Griechenland.
- Bd. IX. Der Leonhartsritt.
- Bd. X. Der Primiziant.

Liebesmärchen von **Emil Ertl.** brosch. M. 4.—, geb. M. 5.—.

Aus der ewigen Stadt. Röm. Novellen von **H. Grasberger.** brosch. M. 6.—.

Allerlei Deutsames. Bilder und Geschichten von **H. Grasberger.** brosch. M. 4.—.

Geschichten zwischen Diesseits und Jenseits. (Ein moderner Todtentanz) von **Max Haushofer.** brosch. M. 5.—.

Der altindische Geist von **Mich. Haberlandt.** brosch. M. 4.—.